ヘンダワネのタネの物語

作・新藤悦子
絵・丹地陽子

ポプラ社

もくじ

ヘンダワネのタネの物語

ヘンダワネのタネの物語

1　イランのスイカは、ヘンダワネ

終業式のあとの教室は、うきうきした空気につつまれていました。

「明日から夏休みですね。みんな、なにか楽しみにしてることある？」

担任《たんにん》の小暮郁子《こぐれいくこ》先生の質問《しつもん》に、五年一組はいっせいにざわめきました。プール、キャンプ、多摩川《たまがわ》の花火、ディズニーランド……。みんなが思い思いの発言をしているそのとき、直《なお》は自由帳に鉛筆《えんぴつ》を走らせ、左手をスケッチしていました。

「小野《おの》さん」

小暮先生に声をかけられても、きこえません。返事をしないばかりか、顔をあげようともしないので、先生の語気が強まりました。

「お、の、な、お、さん」

教室が水を打ったようにシーンとして初めて、直《なお》ははっと手をとめました。

「小野《おの》さんは、夏休み、なにか楽しみにしてること、ある？」

直は、ふきげんそうに顔をゆがめました。せっかくのって描《か》いていたのに、楽しみを中断《ちゅうだん》させておいて、なんて間のぬけたこときくんだろう……。

ふてくされて、ぼそっと答えました。

「絵を描くのが楽しみです」

教室のみんなが、どっと笑いました。笑われることをいったつもりはないのに、と直がぶすっとすると、だれかが後ろの方でいいました。

「夏休みじゃなくたって、オノナオは年中、絵を描いてるよなあ」

「オノナオには、ほかに楽しみ、ないもんなあ」

それをきいて、またどっと笑いがおこりました。どこがいけないのよ、と直は腹《はら》が立ちました。人のこと、フルネームで呼《よ》び捨《す》てにして。にらみかえしてやりたいところをぐっとこらえて、なにもいわずにうつむきました。へたなことをいったら、「授業中《じゅぎょうちゅう》は絵を描《か》かないように」と先生にしかられるのがオチです。

ひそひそ話したり、くすくす笑ったりしている、女子の声もきこえてきます。

小暮《こぐれ》先生は、下をむいてしまった直《なお》を、かばうようにいいました。

「夏休みに、好きなことを思いっきりするの、先生はいいと思うな。ふだん時間がなくてできないことや、新しいことに挑戦《ちょうせん》してみるとか。小野《おの》さんがどんな絵を描くか、先生も楽しみにしてるね」

直は、小暮先生を見てうなずきました。

夏休みに入ったら、パステルで絵を描こう。直はそう決めていました。五月の誕生日《たんじょうび》におばのリコちゃんからもらったパステルを、使わずにとってあるのです。パステルで色つきの絵を描くことが、夏休みのなによりの楽しみでした。

放課後、みんなが教室をでていったあとも、直は絵の続きを描いていました。かんたんなスケッチでも、とちゅうでやめるのは気分が悪いからです。描きあげて、すっきりした気分で帰ろうとしたところ、靴箱《くつばこ》の前でクラスの男子が数人たむろしているのが見えました。直《なお》は靴箱《くつばこ》のかげで足をとめました。

「おまえ、夏休み、塾《じゅく》とか行かないの？」

「行かない。おれ、サッカーするし」

「おまえ、サッカーばっかだな。オノナオみたいじゃん」

直みたいといわれたのは、アリでした。同じマンションに住んでいる、サッカーがすごくうまいと評判《ひょうばん》の、イラン人の男子です。顔はイラン人だけど、しゃべると日本人で、クラスの人気者。「オノナオみたい」とからかわれても、さわやかに笑いとばして、「おれはサッカーばっかのサッカーばか」とダジャレをかえしています。

「アリはオノナオみたいにヘンじゃないよ。オノナオってさ、休み時間だけじゃなくて、授業中《じゅぎょうちゅう》もずっと絵を描《か》いてるんだぜ。ヤバクね？」

「マジ変わってるよな。いつもひとりだし」

「ヘンすぎて、女子のグループに入れないんだよ」

「どうでもいいじゃん」

アリが興味《きょうみ》なさそうに話を切りあげました。

「行こうぜ」

男子が行ってしまうと、直《なお》は靴箱《くつばこ》から靴をとりだして、バサッと落としました。

「ヘンで悪かったわね」

口の中でもぞもぞいいながら、靴に足をつっこんで勢《いきお》いよく校舎《こうしゃ》をでました。

明日から夏休み。毎日、好きなだけ絵を描《か》ける。先生にも友だちにもなにもいわれない。そう思うと、直の心は、あおぎ見た夏空のように晴れやかになりました。

その日の夕方のことです。玄関《げんかん》のドアがいきなりあいて、トゥーバさんが、サンダルを脱《ぬ》ぎすてかけこんできました。

「タイヘンです、タイヘンです。ミナちゃ～ん、タスケテくださ～い」

通りすがりの人がふりかえるほどの美女なのに、表情《ひょうじょう》が大げさすぎて、彫《ほ》りの深い顔が、残念な感じにくずれています。

「どうしたの？」

夕飯のしたくをしていた美菜子《みなこ》が台所からでていくと、トゥーバさんはすがりつきました。

「明日から、わたし、イランに帰ります。でも、ダンナさん、福岡《ふくおか》から帰ってこない。アリ、家で、ひとりぼっち。困《こま》りました。わたし、イランで結婚式《けっこんしき》ある。飛行機のチケット、とりました。でも、ダンナさん、仕事のトラブル、帰れない、電話ありました。困りました。ミナちゃん、明日の夜、アリを泊《と》めてください。お願いします」

イラン人のトゥーバさんは、日本語をつぎはぎしながら訴《うった》えました。

「いいよ、おばさん。ぼく、アリといっしょにねる」

母の美菜子《みなこ》よりさきに、弟の暖《だん》が答えました。三年生の暖は、サッカー・クラブに入ったばかり。サッカーがうまい五年生のアリは、あこがれの上級生です。同じマンションに住んでいることを、友だちに自慢《じまん》しているくらいですから、泊《と》まりにきたら、もっと自慢できると思ったのでしょう。

「ありがと～、ダンちゃ～ん」

トゥーバさんは、暖をムギュッと抱《だ》きしめました。そんなスキンシップ、美菜《みな》子《こ》にされたら逃《に》げだすところですが、トゥーバさんにはされるがまま。てれくささを紛《まぎ》らわすかのように、美菜子に念をおしました。

「ねえ、お母さん、アリといっしょにねてもいいでしょ？」

「いいわよ、っていいたいところなんだけど、トゥーバさん、うちの子たち、明日から、リコちゃんのうちにお泊まりなのよ」

「リコちゃん？　ダレですか？」

トゥーバさんは、暖《だん》を抱《だ》きしめていた腕《うで》をほどきました。

「わたしの妹。奥多摩《おくたま》に住んでて、明日から、直《なお》と暖とふたりで泊《と》まりにいくの」

「アリもいっしょに行けばいいよ」

当然のように暖がいうと、美菜子は困《こま》って眉《まゆ》をよせました。

「リコちゃんにきいてみないと……。妹は結婚《けっこん》してなくて、ひとり暮《ぐ》らしなの。子どもに慣《な》れてないし、アリのこと知らないから……。これからうちにむかえにくるから、相談してみるけど」

「これから？　ここにきますか？」

「今夜はうちに泊まって、明日の朝、車ででる予定なの」

「それなら、リコちゃんにお願いしましょう。リコちゃん、なにが好きですか？」

「スイカだよ」

暖が反射的《はんしゃてき》に答えました。

「リコちゃんがいちばん好きなものは、スイカ」

「スイカ?」

「くだものだよ。まるくて、大きくて、外は緑で、中は赤い、くだもの」

なぞなぞのような暖《だん》のジェスチャーに、トゥーバさんは首をかしげました。

「ミドリ……アカ……、ああ、ヘンダワネですね」

「ヘンダワネ?」

きいたことがない言葉を、暖がおうむがえしにきくと、トゥーバさんは笑顔になりました。

「はい。スイカのこと、イランで、ヘンダワネ、といいます。あれ、イラン人も、好きですよ。リコちゃん、好きなら、スーパー行って、買ってきましょう」

「そんなの、いいわよ」

ひきとめる美菜子《みなこ》の手を、トゥーバさんはふりはらいました。

「いえいえ、お願いするとき、プレゼント、必要です。ヘンダワネ、リコちゃんにいいプレゼント。ダンちゃん、教えてくれて、ありがとね～」

「おばさん、ぼくもいっしょにスーパー行こうか？」

「はい、行きましょう。ダンちゃん、アイス、買ってあげるよ」

「やったあ。ヘンダワネとアイスだ」

「ダンちゃん、ヘンダワネじゃない、スイカよ。ペルシア語しゃべると、アリおこるから、ヘンダワネって、いわないでね」

トゥーバさんは、あわてていいました。

「アリがおこるの？　なんで？」

「なんでかな～。小さいときは、アリもペルシア語、しゃべりましたよ。このごろ、きらいになったみたい。わたしにも、しゃべるなっていう」

トゥーバさんは顔をくしゃっとさせて、情《なさ》けなさそうに笑顔を作りました。でも、すぐにしゃきっとして、行こう、と暖《だん》の手をひっぱって外にでていきました。

「嵐《あらし》みたいだったね」

だまって見ていた直《なお》が、あっけにとられていいました。

「困《こま》ったなあ。トゥーバさん、その気だけど、リコちゃん、アリを泊《と》めてくれるかなあ。急に知らない子も泊めてなんて、たのみにくいなあ……。直ちゃん、どうしよう」

美菜子《みなこ》は弱って、直に助けを求めました。

五年生で同じクラスになってから、美菜子はトゥーバさんとクラスの役員をしています。役員をするようになって、お母さんどうしはすっかりなかよくなりましたが、直とアリはべつになかよくありません。暖《だん》とちがって、サッカーにはぜんぜん興味《きょうみ》ありませんでしたから。

直が好きなのは、絵を描《か》くこと。慕《した》っているのは、リコちゃんです。リコちゃんは刺繍《ししゅう》作家で、作品は絵本になったり、ポスターに使われたりしています。平《へい》凡《ぼん》なお母さんの美菜子とちがって、クリエイティヴなアーティストなのです。そんな仕事をしているリコちゃんに、直はあこがれていました。

「どうしようって、リコちゃんにきいてみるしかないんじゃない？」

「リコちゃん、ひきうけてくれると思う？」

「どうかなあ……。アリなら、気に入るかも」

アリはトゥーバさんに似《に》て、彫《ほ》りが深くて大きい黒い目をしています。髪《かみ》もふわっとウェーブがかかっています。日本人とちがう容姿《ようし》は人目をひいて、運動会のときは足が速いのも手伝って、応援《おうえん》のお母さんたちがざわめきます。かっこよくて性格《せいかく》も気さくなので、男子からも女子からも人気者。たいていの人は、アリに好感を持ちます。

髪《かみ》はまっすぐ、ひと重まぶたで、運動は苦手、友だちも少ない。そんな自分とは正反対だ、と直《なお》は思っていました。

「直ちゃんはいいの？　男子だけど」

「べつに」

直は口をとがらせました。いっしょにサッカーをするわけでもないし……。

同じクラスといっても、アリと言葉をかわしたのなんて、二、三回だけです。学校では無口なキャラで通しているので、アリだけじゃなくて、ほかのクラスメイトともあまり口をききません。群《む》れるのは好きじゃないし、どのグループに入るか気を使うのもめんどくさい。塾《じゅく》やブランドの服やタレントの話はわからないので、休み時間もひとりで絵を描《か》いていることが多いのです。

「リコちゃんちに行っても、あたしは絵を描くだけだから」

山の家には、リコちゃんにもらったパステルを持っていきます。初めてのパステル画は、リコちゃんに見てもらいたい。アリがきてもこなくても、直《なお》には関係ありません。

アリよりもむしろ、お母さんのトゥーバさんの方が気になりました。直は、トゥーバさんとはなかがいいのです。トゥーバさんはうちにくるたび直に話しかけ、教室でのアリのようすをききたがります。サッカー・クラブでの活躍《かつやく》ぶりは、暖《だん》がきかれるまでもなく話しますが、クラスでのようすは、ほかにきく人がいないのでしょう。グループ発表のとき代表で前にでて話した、なんて話をすると、大よろこびです。このあいだも、教科書を読んであげただけで、すごく感謝《かんしゃ》されました。

「アリがどんなベンキョーしてるか、とっても知りたいです。でも、わたし、キョーカショ読めませんから、わからない。ナオちゃんが読んでくれたら、チョットわかりました。ありがとございますね」

トゥーバさんの日本語はへんてこですが、きいたり話したりはまだできるのです。読んだり書いたりは、ひらがなとカタカナどまりで、漢字はほとんどお手あげのようでした。学校で保護者《ほごしゃ》あてに配られるプリントも、美菜子《みなこ》に読んでもらっています。署名《しょめい》をして提出《ていしゅつ》するプリントに、カタカナで「トゥーバ・ナデリ」とサインするのに、ひと文字書いては息をつくのを、そばで見守ったこともありました。

「ニホンゴ書くの、ホントーにむずかしい。肩《かた》こりますよー」

漢字で書けるのは住所だけ、書類をうめるのに必要だから、いっしょけんめい練習しておぼえたといいます。一度、直《なお》の名前を漢字でどう書くか、きかれたことがありました。

「素直《すなお》の直だよ」

といって、「小野《おの》直」と書いてみせると、それを手本に、たどたどしい字をつづりました。やっと書き終えると、

「書けた」

と、直ににっこり笑いかけました。

「直って漢字、気に入りました。暖《だん》より、美菜子《みなこ》より、書きやすいよ。さすが、素直の直ですね」

そんなふうに名前をほめられて、直はトゥーバさんを好きになりました。時間をかけて直の名前を書いてくれたトゥーバさんの、大人なのにいっしょけんめい格闘《かくとう》している姿《すがた》に、ぐっときたのです。ですから、アリよりもむしろトゥーバさ

んを助けるために、リコちゃんがひきうけてくれないか、と直《なお》は思いました。

「明日の夜は、久《ひさ》しぶりの同窓会《どうそうかい》にでるつもりだったのに……、こんなときにお父さんも出張中《しゅっちょうちゅう》なんて、困《こま》ったわ」

直たちの父親が出張先からもどるのは、五日後。リコちゃんをあてにしていたので、子どもたちをあずかってもらえないと、美菜子《みなこ》も困ります。

「お母さんもスイカ買って、リコちゃんのごきげんとったら？」

直がそういったとき、玄関《げんかん》の呼《よ》び鈴《りん》が鳴りました。リコちゃんの到着《とうちゃく》です。

事情《じじょう》をきかされたリコちゃんは、アリがイラン人だということにあわてました。

「イラン人って、何語話すの？　英語？」

美菜子が、大きく首をふりました。

「ペルシア語だけど、アリは日本語しゃべるわよ。日本で育って、直たちと同じ学校に行ってるの。直《なお》とおなじクラスで、いっしょに役員してるのよ」

「アリって子と直ちゃんが？」

「ちがう、ちがう。アリのお母さんのトゥーバさんと、わたしがよ」

「ああ、ＰＴＡ《ピーティーエー》の役員か。大変だね」

「大変よ。トゥーバさんはアリとちがって、日本語の読み書きができないから、記録つけたり、メール連絡《れんらく》まわしたり、ほとんどわたしがやってるようなものなんだから」

「外国人は役員免除《めんじょ》、とかないの？」

「このごろは、外国人のお母さん、ふえたから」

「そうなの？」

「直のクラスには上海《シャンハイ》からきたお母さんもいるし、あと、アイルランド人のお父さんも保護者会《ほごしゃかい》にきたりする。暖《だん》のクラスには、エルサルバドル人のお母さん」

「エルサルバドルって、どのへんだっけ？」

「中米よ。ラテン系《けい》で、担任《たんにん》の先生にため口きいてるの」

「へえ。公立小学校も、インターナショナルなんだねえ」

ほかにもいる、と直《なお》は数えました。四年生のときのクラスのまゆちゃんはお母さんがフィリピン人だったし、ジンキョンはお父さんもお母さんも韓国《かんこく》人、ひょうきん者の井上《いのうえ》くんはお母さんがオーストラリア人でお父さんが大阪《おおさか》出身だから、英語と日本語と関西弁《べん》の三か国語できるって自慢《じまん》してたっけ。

「国際結婚《こくさいけっこん》なんて、もう特別じゃないのよ。アリのところみたいに、両親とも外国人って家庭もけっこうあるんじゃないかなあ。働いてるお母さんも多いでしょ。わたしも書店でパートはじめたし。五年生の直のクラスでは、だれも役員をやりたがらなくて、くじで決めたの」

「それで、美菜《みな》ちゃんとトゥーバさんが役員になったんだ」

「そう。まいったなあって思ったんだけど、トゥーバさん、話してみると楽しくてね。ほら、わたし外国人の友だちなんて初めてで、ちょっと新鮮《しんせん》なのよ。

トゥーバさんは英語を話せるみたいだけど、わたしは話せないから、日本語で通すわけ。トゥーバさんにちゃんと伝わるように、いいたいことを率直《そっちょく》に、言葉をつくして話すの。ほかのお母さんたちと話すときみたいに、空気読んでごまかしたりしない。だって、トゥーバさん、真剣《しんけん》だもん。それが、あんがい楽しくって。大人になってから本音で話すの、すごく久《ひさ》しぶりな気がするんだ」

「本音って、どんなこと話すの?」

「いろいろ質問《しつもん》されるのよ。たとえば、五年生になると、中学受験のために塾《じゅく》に通う子がふえるでしょ。アリはサッカーやってるし、直《なお》は絵を描《か》きたいっていうから通ってないけど、塾に行ってない子は、少数派《は》なの。サッカーをやめちゃう子も多くて、どうしてかって、きかれるわけ。そんなこと、ふつう暗黙《あんもく》の了解《りょうかい》で、きかないのよ。で、受験するからって答えると、どうして受験するのかってきかれる。で、中学でいいところに入れれば、高校受験がなくてラクだし、将来《しょうらい》も苦労しなくてすむからって、たいていのお母さんが思ってそうなことを答えるでしょ。そうすると、すごくまじめな顔で、どうしてそんなことがわかるのか、ってきかれるのよ。将来《しょうらい》苦労するかどうかなんて、神さましかわからないはずだって」

くふっ、とリコちゃんが小さく笑いました。

「確《たし》かにおもしろいね、トゥーバさんって」

「でしょ？　こんな話、ふつうのお母さんとじゃ絶対《ぜったい》にしないもの。日本語はたどたどしいけど、自分の考えとか物の見方とか、しっかりあって、直球でぶつけてくるの。だから、こっちはあたりまえと思って流してきてることも、逆《ぎゃく》に考えさせられちゃって」

「みんながやるからやる、っての、多いもんね、日本人は」

「そうそう。わたしがトゥーバさんの立場だったら、あんなに堂々としてられない。それに、もしトゥーバさんと話していなければ、ほかの子と同じように、直《なお》を塾《じゅく》に行かせて受験させてたと思うな」

それをきいて、直は首をすくめました。実際《じっさい》、美菜子《みなこ》は塾に行けとうるさくいっていたのです。それが、トゥーバさんとつきあうようになって、ぴたっといわなくなりました。その点も、直《なお》がトゥーバさんを買っているポイントでした。

「とにかく、彼女《かのじょ》はいっしょけんめいだから、助けてあげたくなるの。マンションも同じだから、なにかとたよられて、火災報知器《かさいほうちき》の点検《てんけん》とか排水溝清掃《はいすいこうせいそう》のお知らせのチラシ、読んであげるだけで、すごく感謝《かんしゃ》されて。人助けっていうか、ちょっとした国際貢献《こくさいこうけん》？」

「おおげさだなあ」

「だけど、役に立ってるって実感あって、うれしくなるのよ。わたしにもこういうことができるんだなって。だから、リコちゃん、突然《とつぜん》で悪いんだけど、トゥーバさんを助けると思って、アリのこと、たのめないかな？」

「そうねえ……」

リコちゃんはすぐにいいといわずに、麦茶をごくりと飲みました。そのとき、玄関《げんかん》からバタバタと暖《だん》がかけこんできました。

「ガリガリ君、買ってもらっちゃった。大人には、ハーゲンダッツ。あ、リコちゃん、きてる。リコちゃんにはね、スイカ買ってきたよ」

ハーゲンダッツの大きなカップが入ったふくろを、暖《だん》は美菜子《みなこ》におしつけて、後ろからスイカをかかえてきたトゥーバさんをふりかえりました。

麦茶のコップをおいて、椅子《いす》から立ちあがったリコちゃんに、トゥーバさんは深々とおじぎをしました。

「トゥーバ、と申します。いつもミナちゃんに、お世話になってます。あの、これ、つまらないもの、スイカです。アリを泊《と》めてもらうので、リコちゃんに、プレゼントです。どうぞ」

トゥーバさんは、りっぱなスイカをさしだしました。勢《いきお》いにおされてうけとったリコちゃんは、「重っ」ともらしました。

「スーパーで、いちばんおっきくて、高いスイカだよ」

暖が、得意そうにいいました。

「ぜんぜん『つまらないもの』じゃないじゃん」

直《なお》がぼそっとつぶやくと、トゥーバさんはまじめな顔でいいました。

「日本では、すばらしいプレゼントを『つまらないもの』といいますね。ちがいますか？」

リコちゃんがぷっと吹《ふ》きだしました。

「ミナちゃんが、教えてくれました。ミナちゃんのおかげで、わたし、いろいろ勉強します。学校の役員も、初めてやります。わたしのお母さんの名前も、ミナです。だからミナちゃん、家族みたい。リコちゃんは、ミナちゃんの妹さんね？だからリコちゃんも、家族みたい。信じてます。アリを、よろしくお願いしますね」

つぎはぎの日本語でまくしたてられて、たじたじとなったリコちゃんは、やっとの思いで、ひとこと抵抗《ていこう》しました。

「でも、わたし、まだアリに会ってないし……」

「ぼくがつれてくる」

いうが早いか、暖《だん》がダッシュで玄関《げんかん》を飛びだしました。トゥーバさんはリコちゃんの手を両手でにぎってお願いしました。言葉が足りないところを、スキンシップでおぎなうのが、トゥーバさんの得意技《わざ》です。

「あさってには、ダンナさん、福岡《ふくおか》から帰って、羽田《はねだ》からすぐ、リコちゃんの家にむかえにいきます。明日だけ、ひと晩《ばん》だけ、アリを泊《と》めてください」

「ええ、まあ、かまいませんが……、あの……、食べ物とかどうですか？　アレルギーとか、食べられないものとか、ありませんか？」

リコちゃんもなかば観念したようで、具体的な対策《たいさく》にのりだしました。トゥーバさんはすっと姿勢《しせい》を正して答えました。

「アレルギー、ありません。ダメなのは、豚肉《ぶたにく》だけ」

「豚肉？　きらいなの？」

「イスラム教徒ですからね。給食でも、食べません」

「はあ……、イスラム教徒……。お祈《いの》りとか、するんですか？」

不安そうなリコちゃんを、トゥーバさんは花のような笑顔でつつみました。

「そんなにまじめじゃないです。豚肉《ぶたにく》だけ、食べませんね」

トゥーバさんの笑顔につられて、リコちゃんもホッとした笑みをうかべました。こうして泊《と》まることが決まりかけたところに、暖《だん》がアリをつれて帰ってきました。アリが直《なお》たちのうちにあがるのは、初めてです。いつものさわやかな笑顔はどこへやら、居心地《いごこち》が悪そうな仏頂面《ぶっちょうづら》をして、暖にひっぱられて入ってきました。

「お母さん、どういうこと？」

アリは、トゥーバさんをにらみつけました。どうやら、事情《じじょう》をなにもきいてないようです。

「明日、ナオちゃんとダンちゃんといっしょに、リコちゃんの家に泊《と》まることになったよ。ほら、リコちゃんに、ごあいさつして」

アリは、リコちゃんに軽く頭をさげたものの、
「きいてないいんだけど」
と、トゥーバさんを、
またにらみました。

「お父さん、仕事で、明日は帰ってこないって。お母さんは、イランに行くでしょ。アリひとりだと、心配。だからリコちゃんに、お願いしたよ」

「なんだよ、それ」

アリは吐《は》き捨《す》てるようにいうと、むくれてそっぽをむきました。暖《だん》がとりなすように、アリのT《ティー》シャツをひっぱりました。

「アリ、いっしょに行こうよ。リコちゃんの家、山にあって、庭も広いから、サッカーの練習できるよ。直《なお》ちゃんは、絵ばっか描《か》いてて、つまんないんだ。ねえ、いいでしょ？」

アリは、ちらりと直を見ました。

「オノナオも行くの？」

アリもほかの男子と同じで、直を「オノナオ」と呼《よ》びました。

「行くけど？」

「おれが行ってもいいの？」

いまさら、そんなこときかれても、困《こま》ります。

「いいもなにも、もう決まったみたいだよ。暖《だん》の相手してやって。あたしは絵を描《か》きたいから」

アリは、むすっとした顔のまま、小さくうなずきました。

「そうしないと、お母さんが困《こま》るでしょ」

と、のどまででかかったのを、直《なお》はぐっと飲みこみました。アリにしてみれば、ふってわいた話です。必死にたのみこんだトゥーバさんに、あんなつっけんどんな態度《たいど》をとらなくてもと思う一方で、親の都合にふりまわされて腹が立つ、アリの気持ちもわかりました。

「じゃあ、明日の朝、わたしの車で行くから、着がえとか歯ブラシとか、したくしておいてね」

リコちゃんがいうと、アリは今度はきちんと頭をさげました。

「よろしくお願いします」

2 ペルシア語、話すなよ

翌朝《よくあさ》、いつもはおこされてもおきない暖《だん》が、直《なお》よりも早くおきてきました。

「お母さん、朝ご飯、まだあ?」

「まだよ」

「え〜。朝食まだで、チョ〜ショック!」

大声でダジャレをいってます。アリもいっしょに行くと決まってから、暖のテンションはあがりっぱなし、夕飯のときからねるまで、「冷やし中華《ちゅうか》は冷やし中か?」だの「ショウガなければしょうがない」だの「布団《ふとん》がふっとんだ」だのダジャレのオンパレード。しかられても、「へたなしゃれはやめなしゃれ」と自分でつっこんで笑いころげていました。ひと晩《ばん》ねてもまだ、興奮状態《こうふんじょうたい》のようです。

「朝ご飯食べたら、アリをむかえにいっていい？」

まだ、はしもつけないうちからせがむので、リコちゃんがあきれていいました。

「暖《だん》ちゃん、アリにぞっこんだね」

暖は、口をもぐもぐさせながら、大きくうなずきました。

「ぼく、アリみたいなお兄ちゃんがいたらよかったな。直《なお》ちゃんみたいな、ヘンなお姉ちゃんじゃなくってさ、サッカーがうまいアリみたいなお兄ちゃんがいたらよかったのに」

「ヘンってなによ」

直がからむと、暖はむきになっていいました。

「だって、オノナオなんて呼《よ》ばれてるんだよ。ほかの女の子みたいに、直ちゃんとか小野《おの》さんとか呼ばれないで、オノナオだよ。それに、オノナオは変わり者だって、五年生がいってた。休み時間もひとりで絵ばっか描《か》いてて、ヘンな女子だって」

「ほっといてよ。好きでやってるんだから、いいじゃない」

「直《なお》ちゃんはよくても、ぼくがはずかしいよ。ヘンなお姉ちゃんなんてさ。ふつうがよかったな。葉月《はづき》ちゃんや早苗《さなえ》ちゃんがお姉ちゃんだったらな。アリがお兄ちゃんだったら、もっと自慢《じまん》できるんだけどなあ」

「だったらどうぞ、アリの弟にしてもらいな。早くアリのうち、行っちゃえば」

「行ってきま〜す」

暖《だん》はそそくさとたいらげて、アリをむかえにいってしまいました。直にとってはいつものいいあいですが、心配したのはリコちゃんです。

「直ちゃん、平気なの？　変わり者とか、休み時間もひとりとか、いわれちゃって」

「べつに。ホントのことだし」

「いじめられてる？」

「そんなことないよ。ただ、話のあう子がいないだけ。無理して話をあわせるくらいなら、ひとりで絵を描《か》いてる方が楽しいし」

直《なお》とリコちゃんのやりとりをきいて、お弁当《べんとう》におにぎりをにぎっていた美菜子《みなこ》が手をとめました。

「リコちゃんも中学のころ、同じようなことといってたよ。友だちより個性《こせい》のほうが大事だ、とかいって、わたしが心配しても、気にもとめないで。あなたたち、ホント、似《に》てる」

「そうだっけ？　友だちだっていたけどなあ」

「あとからできたのよ。話ができる友だちできた、ってよろこんでたもん」

「忘《わす》れたなあ。絵ばっかり描いてたのは、おぼえてるけど」

「ほら、やっぱり似てる」

美菜子がいって、直は笑いました。リコちゃんに似ているといわれると、直は悪い気がしません。

「ねえ、直ちゃん、アリもおにぎり食べるかな？」

「食べるんじゃない？」

「梅干《うめぼ》しとおかかと鮭《さけ》とたらこ、なにが好きだと思う？」

「知らないよ」

「きいてきてくれない？」

「あたしが？」

「だって、暖《だん》ちゃん、もうアリのうちに行っちゃったし」

「え〜、やだよ〜。豚肉《ぶたにく》以外、なんでも食べるでしょ」

「いいから、ちょっと、きいてきて」

美菜子《みなこ》におし切られて、直《なお》はアリのうち、マンションの二階上の五〇五号室に行くはめになりました。暖はしょっちゅう出入りしていますが、直が訪《たず》ねるのは初めてです。ためらいがちにチャイムをおすと、ぱっとドアがあいて、暖が顔をだしました。

「あれ、直ちゃんもきたの？」

「アリもおにぎり食べるか、ってお母さんがきいてる」

暖《だん》は、廊下《ろうか》を走って往復《おうふく》してくると、

「食べるって」

と、アリの答えを伝えました。

「梅干《うめぼ》しとおかかと鮭《さけ》とたらこ、なにがいい?」

「直《なお》ちゃん、あがってきて自分できなよ。ぼく、アリの荷造《にづく》り手伝ってるんだから」

使い走りにされるのが気に入らなくて、暖はぷいっと、おくに行ってしまいました。直はしかたなく、サンダルを脱《ぬ》いであがりました。廊下のおくにリビングがある、直のうちと同じ間取りです。ところが、リビングに入ると、直のうちとはまったくちがう部屋が広がっていました。

フローリングの床《ゆか》に、模様《もよう》のあるじゅうたんが、何枚《まい》もしいてあります。その上にテーブルや椅子《いす》はなくて、壁《かべ》ぎわにソファーがあるだけ。棚《たな》も少なく、直のうちのリビングよりずっと広々として見えます。なにもおいてないので、じゅうたんの模様《もよう》がよくわかるのですが、そのきれいなこと！　アリと暖《だん》は、そのうちの一枚《まい》にすわって、シャツをたたんでいました。

「アリ、おにぎりの具、梅干《うめぼ》しとおかかと鮭《さけ》とたらこ、なにがいい？」

直《なお》は、ぶっきらぼうにききました。アリも、ぶっきらぼうにかえします。

「なんでもいい」

「ぼく、梅干しはいらない」

暖が口をはさむと、アリがニッと笑いました。

「梅はうめえ、のにな」

「それ、いいね。ダジャレカードに書こう。あ、ダジャレボックス、荷物に入れるの忘《わす》れた。ちょっと、うちに行ってくるね。直ちゃん、これ、たたんで」

たたみかけの綿《めん》シャツを直におしつけると、暖はあわてててていきました。

暖は、思いついたダジャレを、カードに書いて集めています。カードを入れた箱を、ダジャレボックスと呼《よ》んで大切にしていて、リコちゃんのうちに行ったら、アリに見せるつもりでした。それを忘《わす》れては大変、と家にもどったのです。

「しょうがないなあ」

直《なお》はじゅうたんの上にすわって、シャツをたたみました。たたみおえて、じゅうたんを見ると、ほかのじゅうたんとちょっとちがっています。ほかのはものすごく細かな模様《もよう》ですが、直がすわったじゅうたんは、子どもが描《か》いた絵のようでした。毛足もほかのより長くて、ふかふかです。

「あら～、ナオちゃん、ありがとね～」

スーツケースをひきずって、トゥーバさんが寝室《しんしつ》からでてきました。自分の荷《に》造《づく》りをしていたようです。トゥーバさんは、直がたたんだシャツを見て、にっこりしました。

「さすが、女の子。たたみ方、きれいね。ガシャンゲー」

最後のペルシア語がわからなくて、直が顔をあげると、アリも顔をあげて、文《もん》句《く》をいいたそうな目でにらんでいます。直《なお》はひやっとして、アリの視線《しせん》をさえぎるように立ちあがりました。

「このじゅうたん、変わってるね?」

足の下のじゅうたんをさすと、トゥーバさんは、さっきよりもっとにっこりしました。

「ナオちゃん、これ好き? これは、ギャッベですよ」

「ギャッベ?」

「遊牧民が織《お》ったじゅうたんです。ほかのじゅうたんもきれい、値段《ねだん》も高い。でも、わたしはギャッベが好き。ガシャンゲー」

また、さっきと同じペルシア語をつけたしました。するとアリが、腹《はら》の底から力をこめた声でどなったのです。

「ペルシア語、話すなよ」

直もトゥーバさんもビクッとして、アリを見ました。

「お母さん、友だちにペルシア語で話しかけるなよ。いきなりペルシア語がでてきたら、オノナオだってびっくりするだろ。日本人には日本語で話せよ」

「ちょっとだけです。ガシャンゲーって、きれいねーって意味ね。イラン人だから、ペルシア語の方が、気持ちが入るでしょ」

トゥーバさんがおどおどといいわけすると、アリはチッと舌打《したう》ちしました。

「そんなこといってるから、いつまでたっても、日本語がうまくならないんだ。漢字も読めなくて、はずかしくないの？　日本で暮《く》らしてるのに、イランイランっていってばかりでさ。イランに帰りたいからって、おれのことあずけて、オノナオのお母さんだって迷惑《めいわく》してるって、わからない？　お母さんがよくても、おれがはずかしいよ」

すごい剣幕《けんまく》でまくしたてて、こんなアリ、今まで見たことありません。学校で、大勢《おおぜい》の友だちにかこまれて楽しそうに笑ってるアリと、まったくべつの顔。あの笑顔の下に、こんな本音をかくしていたなんて、直《なお》は思いもよりませんでした。

トゥーバさんはかえす言葉もなく、呆然《ぼうぜん》としています。

ほんのひとことペルシア語を口にしただけで、こんなに責《せ》めなくたっていいのに……。読み書きができないのを気にして、漢字の練習もしているトゥーバさんを知っている直《なお》は、あんまりだと思いました。「おれがはずかしい」なんていったら、トゥーバさんがかわいそうです。

直は、さっき暖《だん》にいわれたことを思いだしました。ヘンなお姉ちゃんだと、ぼくがはずかしいって。ヘンっていわれるのは平気だけど、ぼくがはずかしいといわれたのはカチンときました。でも、トゥーバさんの顔が、なにもいえないまま悲しげにゆがんでいくのを見て、直は、あれはカチンときたんじゃなくて、心が痛《いた》かったんだ、と気づきました。

「ちょっと、いいすぎなんじゃない?」

とりなすように直がいうと、アリは直がたたんだシャツをひったくりました。

エナメルバッグに無造作《むぞうさ》につっこんで、おこった顔のまま立ちあがると、

「おれ、もう行くから」

といって、玄関《げんかん》をでていきました。

残されたトゥーバさんは、今にも泣きだしそうな、くしゃくしゃな笑顔でいいました。

「ナオちゃん、アリをお願いね」

3　ヘンダワネって、ヘンだわね

アリと暖《だん》は、当然のように後部座席《ざせき》に陣《じん》どっていたので、直《なお》は助手席にすわってシートベルトをしめました。リコちゃんが運転席にのりこんでくると、後ろから暖の声が飛んできました。

「リコちゃん、この石、なに？」

リコちゃんはミラーに映《うつ》った暖を見て、にっと笑いかけました。

「それね、ペット石《いし》」

「ペット石？」

「河原《かわら》で拾って、顔描《か》いたの。かわいいでしょ。車で飼《か》ってるんだ」

「飼ってるって、石だよ。動物じゃないよ」

「でも、いい子だよ。その石、小さいけど、重いでしょ？　毎日、わたしのグチをきいてくれてるから、重くなっちゃった」

「なに、それ？　ヘンな石……っていうか、リコちゃん、ヘンだよ。石をペットにするなんて」

「独創的《どくそうてき》、っていってよ」

ふふん、と鼻で笑って、リコちゃんはエンジンをかけました。流れてきた曲は、うちではまずきくことのない外国の曲。暖《だん》がすかさず文句《もんく》をいいました。

「ヘンな歌」

「そう？　アルゼンチンでは、はやってるみたいよ」

「アルゼンチンって、どこだよ。AKB《エーケービー》とかないの？」

「あると思う？」

暖に大きなため息をつかせて、リコちゃんはまた、鼻をふふんと鳴らしました。リコちゃんは、お母さんたちとちがって、子どものきげんをとろうとしません。そこがリコちゃんのいいところ。こうして披露《ひろう》してくれるリコちゃんワールドを、直《なお》は楽しみにしていました。

車が高速をびゅんびゅん飛ばすあいだ、直はアルゼンチンの歌に耳をかたむけて、暖《だん》とアリは歌を無視《むし》してしゃべっていました。高速をおりると、リコちゃんは大きなスーパーによりました。

「晩《ばん》ご飯、ハンバーグとからあげ、どっちがいい？」

暖がすかさず「ハンバーグ」と答えました。リコちゃんにとって、子どもが好きな食べ物はこのふたつ。山の家では、ハンバーグとからあげが交互《こうご》にでます。カレーは、「お子さまカレーは、あまくてきらい」といって作ってくれません。

「ハンバーグは、牛ひきね。豚肉《ぶたにく》が混《ま》じってないやつ。それでいい？」

リコちゃんは、アリをふりかえって確《たし》かめました。牛乳《ぎゅうにゅう》やジュース、ヨーグルトやアイスクリームをカートに入れ、「野菜は家にあるからパス」といって通りすぎました。

「スイカもあるから、いいね。トゥーバさんがくれたスイカ、どれよりも大きそうだよ」

と、リコちゃんがスイカの前を通りすぎたとき、暖《だん》が思いだしたようにいいました。

「でもねえ、イランのヘンダワネは、もっと大きいっていってたよ」

直《なお》はびくっとして、アリの横顔を見ました。「ヘンダワネっていわないで」とトゥーバさんからたのまれたこと、暖はすっかり忘《わす》れているようです。「ペルシア語をしゃべると、アリがおこる」ときいたときは、直も「ヘンなの」と思っただけでしたが、さっきアリが本気でおこったのを見たばかりなので、あせりました。それなのに、リコちゃんまで脳天気《のうてんき》な口調で、アリにきいたのです。

「ヘンダワネって、スイカのこと？　あれより大きいなんて、すごいね。ヘンダワネって、そんなに大きいの？」

アリは、ちらっと直を見ました。心配そうな直の視線《しせん》をくみとったのか、平静をよそおって答えました。

「大きいよ。それに形もちがう」

「ちがうって？」

「ラグビーボールみたいなのもあるんだ」

「ラグビーボール？　そんなスイカがあるの？」

リコちゃんが興味津々《きょうみしんしん》できくと、暖《だん》もひと声発しました。

「ヘンなスイカ！」

アリの眉《まゆ》が、ぴくっとひきつりました。リコちゃんはそれに気づきません。

「変わってるね。おいしいの？」

「おいしいよ。日本のスイカよりジューシーであまい」

「へえ、おいしそう。食べてみたいなあ」

直《なお》はアリの肩《かた》を持つようにいいましたが、暖が大きな声で

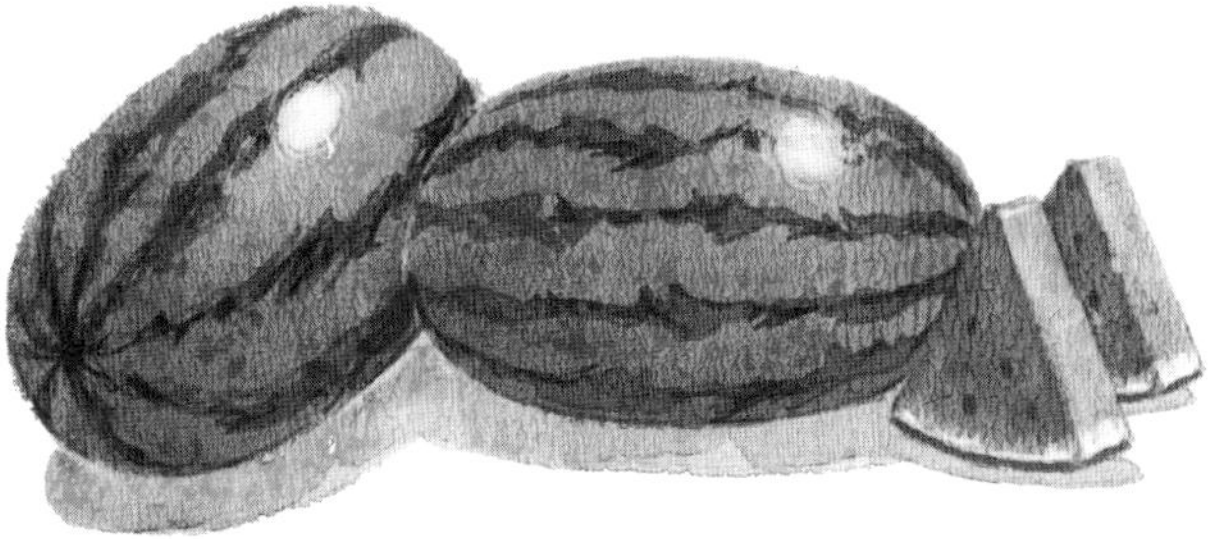

打ち消しました。

「でも、ラグビーボールみたいだなんて、やっぱりヘンなスイカだよ。ヘンダワネって、ヘンだわねえ〜」

「ヘンじゃないよ」

直《なお》はあわてて否定《ひてい》しました。

「だいたい暖《だん》は、なんでもかんでもヘンっていいすぎだよ。リコちゃんのペット石も、アルゼンチンの歌も、ヘンってかたづけてさ。あたしのことだって、ヘンなお姉ちゃんって」

「ホントのことだもん」

「ヘンなダジャレばっかいってるのは、だれよ」

「ヘンなダジャレじゃないよ。いいダジャレだよ。ヘンダワネって、ヘンだわね〜。ヘンだわ、ヘンだわ、ヘンだわね〜」

「ばっかみたい。ヘンなヤツ」

「ヘンなオノナオに、いわれたくないね」

暖《だん》と直《なお》が、たがいにヘン顔をしていがみあうのを見て、アリは気がぬけたようにふっと笑いました。

「暖、ヘンダワネのダジャレ、ダジャレカードに書きなよ」

「ほ〜ら、アリだって、いいダジャレだって」

暖が勝ちほこったように、あごをくいっとあげました。アリをかばったつもりの直は、足をすくわれた気分です。トゥーバさんにはあんなにおこったくせに、暖の前では無理していい顔しちゃって……。

「ヘンなヤツ……」

暖とつれだって歩いていくアリの背中《せなか》を、直は気に入らない思いで見ました。

アリはアリで、直があんなにむきになってしゃべるところを初めて見たので、意外に感じていました。授業中《じゅぎょうちゅう》に手はあげないし、さされても自信なさそうにぼそっと答えるだけ、休み時間もひとりで絵を描《か》いていて、友だちとしゃべるところもあまり見たことがありません。だから、変わり者かどうかはともかく、無口でおとなしい女子だと思っていたのです。

（オノナオって、学校とうちとで、性格《せいかく》ちがうのかな……）

アリは、自分のことは棚《たな》にあげて、そう思いました。

スーパーをでると、道はしだいに山に入っていきました。冷房《れいぼう》を切って窓《まど》をあけると、風といっしょにセミの鳴き声が流れこんできます。渓流《けいりゅう》にかかる橋をわたったとき、暖《だん》が、なんとはなしにききました。

「リコちゃん、ここって、何県なの？」

「東京都《とうきょうと》だよ」

「東京？　この山、東京なの？」

「そうだよ。さっきの川は多摩川《たまがわ》」

「多摩川って、もっと広くなかったっけ？」

「ここは上流だから。暖ちゃん、わたしの家、東京じゃないと思ってたの？」

「うん。山だと思ってた」

自分たちのマンションがある住宅地《じゅうたくち》と同じ東京とは、とうてい思えない風景でした。木々の緑は夏の陽光をあびてかがやき、日のあたらないところは濃《こ》い影《かげ》になって、いつも見ている風景よりもはっきりくっきり、ベールがとれた姿《すがた》で目に迫《せま》ってきました。


車をおりると、リコちゃんの家を見て、アリはすっと息を吸《す》いました。

「日本の家だ」

庭ごしに見えるのは、木造《もくぞう》二階建ての古い家です。この家は、リコちゃんと美《み》菜子《なこ》の生家で、両親が亡《な》くなったあと、リコちゃんが改装《かいそう》しました。改装といっても、二階をアトリエにしただけで、一階の座敷《ざしき》や縁側《えんがわ》はそのままです。去年の夏にきたときは、美菜子と直《なお》と暖《だん》の三人で、座敷《ざしき》に布団《ふとん》をしいてねましたが、今年はアリと暖が一階で、直は二階、寝室《しんしつ》をかねたアトリエで、リコちゃんといっしょにねます。

荷物を運びこんだら、まずは縁側《えんがわ》でお昼です。美菜子《みなこ》が持たせてくれたおにぎりを、みんなで食べました。「梅《うめ》はうめ～」といって、アリが梅干《うめぼ》しのおにぎりにパクつくのを見て、

「日本人の暖《だん》ちゃんが食べないのに」

と、リコちゃんは感心しました。

「アリは、家でもおにぎり食べるの？」

「うん」

「トゥーバさん、おにぎりにぎるんだ。えらいなあ」

アリはおにぎりにかぶりついて、それについてのコメントはひかえました。トゥーバさんは美菜子におにぎりのにぎり方《かた》を教わったのです。直《なお》はそのようすを見ていました。トゥーバさんは梅干しを食べられないけど、アリが梅干しのおにぎりを持っていきたがる、といっていました。

「もしかして、イランでもおにぎりって食べるの？」

リコちゃんにきかれ、アリは首をふりました。

「イランって、お米がないの？」

今度は暖《だん》がききました。

「あるよ」

「じゃあ、どうしておにぎり食べないの？」

アリは、ちょっとめんどくさそうに答えます。

「日本のお米と、種類がちがうんだ。パラパラのご飯で、にぎってもくっつかないから、おにぎりにできない」

「ヘンなお米」

今日の暖は、なんにでも「ヘン」のレッテルをはりたいようです。

「ヘンじゃないよ。そういうお米、世界に多いんだよ。日本のお米の方が、少数派《は》なんだから」

リコちゃんがいうと、暖《だん》は不服そうに口をとがらせました。

「じゃあ、イランではご飯、どうやって食べるの?」

この問いに、みんな、アリに注目しました。イランの人がなにを食べてるか、だれも知らなかったからです。

「ピラフにするよ。お米をバターでいためて、具を入れたりして炊《た》くんだ」

「具って、どんなもの入れるの?」

リコちゃんの目が光りました。おいしそうなものには、真剣《しんけん》になるタイプなのです。

「肉や野菜や豆や……。でも、なにも入れない塩味のもある。チェロキャバブっていう肉の串焼《くしや》きにそえるのは、塩味のピラフだよ」

「肉の串焼きと塩味のピラフかあ。なんかそれ、おいしそうだね」

というと、リコちゃんは、

「ちょっと待ってて」

と、二階にかけあがって、ノートパソコンを持ってきました。

「さっきの料理の名前、なんだっけ？」

「チェロキャバブ」

パソコンで検索《けんさく》してみると、でてきました、チェロキャバブの写真。つくねを長くしたようなひき肉の串焼《くしや》きと、白と黄色のピラフ、黒いこげ目のついたトマトが、ひと皿に盛《も》ってあります。チェロがピラフで、キャバブが焼き肉なんだとか。リコちゃんはレシピに目をこらしました。

「えっと、ひき肉はラム、羊かあ……。牛肉じゃダメなの？」

「牛肉でもいいよ」

アリが答えました。

「肉にすりおろしたタマネギをまぜて、よくこねて、塩コショウで味つけする……。ハンバーグに似《に》てるじゃない。白いピラフがところどころ黄色くなってるのはなに？」

「サフランで色をつけてるんだよ」

「サフランねえ。確《たし》か少し残っていたはず……」

リコちゃんは立ちあがって台所に消えていき、小さなふくろがいっぱい入ったかごを持ってもどってきました。小さなふくろはどれも、使いかけのスパイスやハーブのようでした。

「あ、あった。サフラン、ありましたよお」

リコちゃんは、サフランの小ぶくろをつまみあげて、中身をてのひらにだしました。赤くて細い、糸の切れはしのようです。

「パエリヤ作ったときの残りなんだ。これでいい？」

アリがうなずくと、暖《だん》がふしぎそうにききました。

「これって、なんなの？」

「サフランって花のめしべだよ。すっごい高価《こうか》なんだよ。これはスペインのおみやげにもらったんだけど、イランにもサフランってあるの？」

「あるよ」

アリは得意そうに答えました。暖《だん》はまだ、ふしぎそうな顔をしています。

「でも、これ、どうやって使うの？」

「細かくすりつぶしたのを、少しの水にとかすんだ。黄色くなった水に、ピラフを少しまぜて黄色くして、白いピラフの上にかけて、かざりにするんだよ」

アリの答えに、リコちゃんは「なるほど」とにんまりしました。

「そのやり方なら、これしかなくても足りそうだ。チェロキャバブ、ハンバーグの材料で作れるね。ハンバーグよりこっちの方がいいんじゃない？」

「えっ？」

「今夜の夕飯、イラン料理作ろうよ。トマトもあるし、バーベキュー用の串《くし》もある、庭で炭火おこして、チェロキャバブ焼こう」

4 アリのヘンなナイフ技《わざ》

午後、アリと暖《だん》がサッカーボールとたわむれ、直《なお》がスケッチブックに絵を描《か》いているあいだ、リコちゃんはパソコンで検索《けんさく》したレシピをにらみつつ、チェロキャバブの下ごしらえをしました。そして夕方になると、みんなを台所に呼《よ》びました。

「さあさあ、手を洗《あら》って。チェロキャバブを作るよ」

テーブルの上には、牛ひき肉のタネが入ったボウルと、バーベキュー用の長い金串《かなぐし》がおいてあります。アリはボウルの中身を指でさわると、

「これじゃダメだ」

といって、さらにこねだしました。

「リコちゃん、こね方が足りないよ。ねばりがでるくらい、こねないと」

このくらいなら、というところまでこねてから、アリはタネを球状にまるめました。それを串《くし》のさきの方にくっつけると、ぐいぐいと下の方にうすくのばしながら、串にはりつけていきました。

「自分が食べる分は、自分で作るんだよ」

リコちゃんの号令で、直《なお》と暖《だん》もタネをまるめました。ここまでは、ハンバーグを作るときと同じです。でもこのさきは、アリがやるのを見ながらでないと、できません。なにしろ三人とも、食べたこともない料理ですから、たよりになるのはアリだけです。アリのまねをして、まるめたタネを串にくっつけて、うすくのばそうとしましたが、はがれてしまって、串にはりつきません。

「もっと平たい串だといいんだけど……」

うまくいかないのを串のせいにしながらも、アリは三人の分もやってくれました。

「ねえ、アリ。パソコン検索《けんさく》してたら、塩味のヨーグルト・ドリンクがキャバブにあうって、でてきたんだけど」

リコちゃんがきくと、暖《だん》がびっくりしてききかえしました。

「塩味のヨーグルト？　そんなのあるの？」

「あるよ」

「ヘンなの」

またしても、暖の「ヘン」攻撃《こうげき》です。でも、今度はアリも反撃《はんげき》しました。

「イランでは、ヨーグルトはあまくしないんだ。日本では砂糖《さとう》やジャムをかけるっていうと、ヘンだっていわれるよ」

リコちゃんが、なるほどね、とうなずいています。

「日本人がヨーグルトを食べるようになったのは、わりと最近だから、イランの食べ方の方が、本来の食べ方なのかもね。からだにもよさそうだし。さっきヨーグルト買ったから、そのドリンク作ってみようか」

「それよりサラダにしない？　塩味ヨーグルトとキュウリのサラダ、作るから」

アリはそのサラダが好きでした。家でもよく作っています。でも、そんなことを知らないみんなは、びっくりしました。

「できるの？」

「かんたんだよ」

用意するのはヨーグルトひとパック、キュウリ一本、塩少々、それにニンニクひとかけです。ミントもあれば、とアリはいいましたが、あいにくありませんでした。

「ヨーグルトにニンニクっていうのも、初めてだなあ」

生のニンニクをすりおろしながら、リコちゃんがわくわくした声をだしました。アリはボウルにヨーグルトを入れると、おろしたニンニクと塩を入れて、スプーンで軽くかきまぜました。それから、キュウリを手にとると、

「ナイフはない？」

と、リコちゃんにききました。

「包丁《ほうちょう》じゃダメなの？」

「ナイフのほうがいい」

リコちゃんが、小ぶりのくだもの用ナイフをわたすと、アリはナイフを手前にひくかっこうで、左手ににぎったキュウリの先端《せんたん》をスパンと切り落としました。

「あぶないよ、そんな切り方じゃ」

リコちゃんがとめましたが、アリは耳を貸《か》さずに、切った断面《だんめん》に縦《たて》に切りこみを入れました。

「まな板、使ったら。指を切っちゃうよ」

「だいじょうぶ」

キュウリの上から三分の一あたりまで、三本の切れこみを入れると、次はむきを変えて、交差するように三本の切れこみを入れました。そして、ナイフを手前にひいて、上からスパスパッと切り落としていったのです。白いヨーグルトの上に、緑の小さな立方体が、あざやかにちりばめられました。

「すっげー」

息をのんで見ていた暖《だん》が、大きな声をだしました。

「ホントだ。すごい。みじん切りになってる。こんなナイフの使い方、初めて見たよ。イランのやり方なの？」

リコちゃんもおどろいています。

アリはまた、キュウリの断面《だんめん》に、下から三分の一あたりまで、三本ずつ交差する切りこみを入れて、ナイフをひいて、スパスパ切り落としました。キュウリのつぶは、ボウルめがけてポトポト落下していきます。

ナイフは切れ味がよく、アリの手つきもよどみなく、

見ていてほれぼれとします。

「すっげーっ」

暖《だん》がまた叫《さけ》びました。アリがてれくさそうに、はにかみました。

「ヘンな切り方だろ?」

「ヘンだけど、すごい。すごいかっこいい」

アリは、残りのキュウリも同じように切り落として、小さな切れはしだけゴミにしました。ちょっとした芸当を披露《ひろう》された感じです。

直《なお》は、だまって見ていました。おどろかなかったわけではなくて、むしろその逆《ぎゃく》。おどろきすぎて言葉がでなかったのです。トゥーバさんにペルシア語をしゃべるな、イランのことばかりいうなって、おこったくせに、みんなの前で、イランのナイフ技《わざ》を堂々とやってみせるなんて。どういう心境《しんきょう》の変化でしょうか。

でも、いちばんおどろいていたのは、実は当人のアリでした。

今まで友だちに、イラン料理の話をしたことはありません。お弁当《べんとう》のおかずにも、ぜったいに入れないでとたのんでいました。ましてや友だちの前で、イラン料理を作ったり、ナイフを使ってみせたりすることなど、ありませんでした。それなのに、どうしてこんなことになってしまったのでしょう。どうして、ナイフでキュウリを切ってみせようなんて気になったのでしょうか。

（なにやってんだ……）

アリは、自分のしていることがおかしくて、苦笑いしました。バツの悪さをごまかすように、ヨーグルト・サラダをかきまぜて味を見ました。

「できたよ。味見して」

スプーンを口に入れたリコちゃんは、眉《まゆ》をぴょんとはねあげました。

「おいしい。これ、好きな味だわ」

直《なお》も味見しました。初めての味です。さっぱりとしていて、口の中がすずしくなります。ニンニクがきいていますが、きらいじゃありません。でも、暖《だん》にはちょっと味が強すぎたようでした。

「からいなあ」

「氷を二、三個入《こ》れて、しばらくおいておけば、味がやわらかくなるよ。お子さまむけに、干《ほ》しぶどうをまぜる手もあるけど」

「お子さまむけは、却下《きゃっか》」

リコちゃんがぴしゃりといいました。そして冷凍庫《れいとうこ》から氷をだしてきて、ボウルの中に三つ落としました。最後に、アリがオリーブオイルをたらったらして、ヨーグルトの表面に金色の輪を描《か》きました。

「きれいじゃない。写真撮《と》っておこう」

リコちゃんは仕上がりに大満足で、ヨーグルト・サラダのボウルとナイフを手にしたアリを、カメラに収《おさ》めました。


さて、次はいよいよキャバブの番です。

炭《すみ》がちょうどいいころあいに赤くなってきたところで、キャバブの串《くし》を火にかけました。ジュっと焼ける音に続いて、煙《けむり》がのぼり、肉のこうばしい匂《にお》いがひろがります。

「おなかすいてきた〜。早く焼けないかなあ」

暖《だん》が串《くし》をひっくりかえそうとすると、アリがとめました。

「まだだよ。あわててひっくりかえさないで。キャバブはじっくり焼かなくちゃ」

「そうなの？」

「キャバブはね、待つのが肝心《かんじん》なんだ」

「なんか、かっこいいね」

「男の料理だからね」

それをきいて、リコちゃんがいいました。

「じゃあ、ここは男子にまかせて、わたしたちはピラフをお皿によそってくるね」

「バターと卵黄ものせてね」

サフランをとかしておいた水に、炊《た》きあがったピラフを少量まぜると、あざやかな黄色に染《そ》まりました。お皿によそった白いピラフの上から、黄色いピラフを模様《もよう》を描《か》くようにかざります。アリの指示に従《したが》って、バターはたっぷり、ピンポン玉（！）くらいに切りとって、卵は卵黄だけをからに残して、ピラフの横にそえました。

「ピラフを炊《た》くときにもバターを使ったのに。カロリー高そうだなあ」

リコちゃんはおそれをなしていましたが、バターがたっぷりのピラフはいかにもおいしそうだと、直《なお》は思いました。

お皿を運んでいくと、串焼《くしや》きしたトマトをアリが持ってきました。皮が黒くこげたのをまるごと一個《こ》ずつ、お皿にのせていきます。白と黄のピラフに、黄色の卵黄とバター、トマトの赤も加わって、あざやかなひと皿です。

「キャバブも行くよ」

アリは、焼きあがったキャバブをピラフにのせて、串《くし》からぬきとりました。

「やったあ。チェロキャバブ完成！　さあ、食べるぞお」

暖《だん》がスプーンを手にとると、アリがとめました。

「ちょっと待って。トマトと卵とバター、ピラフにまぜて」

「ぜんぶ、まぜちゃうの？　せっかくきれいに盛《も》りつけたのに」

みんなは顔を見あわせましたが、ここはアリに従《したが》うほかありません。トマトはこげた皮をはぎとって、卵黄はからからだして、バターもいっしょにスプーンでまぜると、ピラフは赤と黄色でぐちゃぐちゃに。でも、匂《にお》いは最高です。

「よし、今度こそ完成だ。いっただきまーす」

いっせいに、キャバブにかぶりつきました。

「うまっ」

と暖がもらしたきり、口の中に広がったこうばしい肉を味わうのに夢中《むちゅう》で、だれもなにもいいません。

これがイランの味か、と直《なお》は思いました。カナカナゼミのす

んだ鳴き声が、夕暮《ゆうぐ》れの風にのって流れてきます。

「どう？」

沈黙《ちんもく》をやぶって、アリがききました。

「めちゃくちゃおいしい」

暖《だん》が、口をもぐもぐさせながら答えます。

「ホント、期待以上だわ。ピラフもいけるよ」

リコちゃんもほめましたが、アリは顔をしかめていいわけしました。

「ピラフはちょっと、ベチャベチャになっちゃって……。イランのお米なら、卵やトマトをまぜてもサラサラなんだけど」

「でも、味はいいよ。トマトを焼くことも、それをピラフとまぜるのも、ふつう、思いつかないもん。キュウリやヨーグルトも、ありふれた材料なのに、まったく新しい料理ができるんだから、びっくりだよ。あっ、写真撮《と》るの、忘《わす》れた。失敗したあ」

リコちゃんはくやしがりましたが、焼きたてをすぐに食べたかったのですから、しかたありません。

「また作ろうよ」

直《なお》がいいました。

「明日も作って、写真、撮《と》ろうよ」

「賛成《さんせい》」

暖《だん》もいいました。

「これなら、毎日食べてもいい。アリはさあ、毎日、こんなおいしい料理、食べてるの？」

「まさか。ヨーグルト・サラダはよく作るけど、チェロキャバブは炭《すみ》を使うから、家じゃ作れないよ」

「でも、お母さん、イランの料理、作るんでしょ？」

直がきくと、アリは素直《すなお》にうなずきました。トゥーバさんが作るイラン料理はとてもおいしくて、実はアリも大好きなのです。

家でイラン料理を食べているときいて、直《なお》はちょっとほっとしました。がんばっておにぎりを習ったトゥーバさんですが、無理して日本の料理ばかり作っているわけじゃないと、わかったからです。

「どんな料理を作ってくれるの？」

「たとえば……、鶏肉《とりにく》とクルミをザクロソースで煮《に》たやつとか」

「それ、めっちゃおいしそうじゃない？」

リコちゃんが身をのりだしました。

「ザクロソースなんて、美容《びよう》にもよさそうだし。食べてみたいなあ。トゥーバさん、イランから帰ってきたら、ごちそうしてくれないかな」

「う〜ん……」

アリが口ごもったので、直はかわりに答えてあげました。

「トゥーバさんだったら、よろこんでごちそうしてくれるよ」

5 モフセンおじさんとの約束

チェロキャバブのあと、井戸で冷やしておいたスイカを切って食べました。日は暮《く》れて、焼きトマトの色からブドウ色へと変わっていく西の空にむかって、三人はスイカのタネを飛ばして遊びました。

「ねえ、アリ。あのナイフの使い方、トゥーバさんから教わったの？」

リコちゃんにきかれて、アリは首をふりました。

「モフセンおじさんが教えてくれた」

「モフセンおじさん？」

「お母さんの弟。そろそろナイフぐらい使えないと、って教えてくれたんだ。キャバブも、おじさんが教えてくれた。二年前にイスファハンに行ったときにね」

「え？　どこ？」

暖《だん》がききかえすと、アリはスイカのタネを飛ばすのをやめました。

「イランだよ。イスファハン」

「イス、ハン？」

暖がききとれなかったので、アリはもう一度、ゆっくりその名前をくりかえしました。

「イスファハン」

直の耳にその音は、心地よくひびきました。アリは、とても愛《いと》おしむように、その町の名を口にしたのです。

「イスファハンって町に、トゥーバさんも帰ったの？」

リコちゃんにきかれ、アリは首をこくりとさせました。その動作は、夕暮《ゆうぐ》れの空に、くっきりときざまれたように見えました。

「お父さんもお母さんも、イスファハンの出身なんだ」

「どんな町？」

「古い町。京都《きょうと》みたいに、昔は都《みやこ》だった」

アリは、リコちゃんに問われるままに答えました。京都に古いお寺がたくさんあるように、イスファハンには、イスラム教徒の寺院といえるモスクがあること。古いモスクの屋根や壁《かべ》は、つる草模様《もよう》の青いタイルでおおわれて、それは美しいこと。バザールと呼《よ》ばれる市場が、迷路《めいろ》のように広がっていること。都だった時代には、「世界の半分」といわれるほどに栄えていたこと。

イスファハンについて話すアリは、水を得た魚《うお》のようでした。イスファハンの町についてなら、なにをきかれても答えられるし、話すことはつきないようです。

「お母さんの家は、どんな家なの？」

「マンションじゃなくて、ここみたいな古い家。でも、木じゃなくて日干《ひぼ》しレンガの家なんだ。中庭もあるんだけど、土じゃなくて石がしきつめてある。庭のまん中に噴水《ふんすい》のついた池があって、金魚が泳いでて、かわいいんだ。それにね、へンダワネもうかんでるよ。池の水は夏でもつめたいから、いつも冷やしてるんだ。夜には、その庭にベッドをだしてねるんだよ」

「庭でねるの？」

「うん。モフセンおじさんとふたりでね。お母さんたちは家の中でねるけど、外の方が気持ちいいんだ。噴水《ふんすい》の水がはねる音をききながら、ねころがって星を見ながら、モフセンおじさんがいろんな話をしてくれる。おもしろくて、いつまでたってもねられないんだ」

アリは、くすっと思いだし笑いをしました。そして、イスファハンの夜空をなつかしむように、夕闇《ゆうやみ》の空をあおぎました。東の空には、いちばん星がまたたいています。

「いいなあ」

暖《だん》が、うらやましそうな声をだしました。

「どんな話するの？」

「旅の話。モフセンおじさんは、お父さんの仕事を手伝って、イランのあちこちを旅してるんだ」

「アリのお父さんって、なんの仕事してるの？」

「じゅうたんを売ってる」

アリのお父さんは、イランからじゅうたんを仕入れて、日本で売っているそうです。今は、展示会《てんじかい》をするために福岡《ふくおか》に行っていますが、都内にお店も持っています。だからアリの家には、あんなにすてきなじゅうたんが何枚《まい》もあるんだ、と直《なお》は納得《なっとく》しました。

リコちゃんにいわせると、ペルシアじゅうたんは、すごい高級品なんだそうです。でも、アリによれば、ペルシアじゅうたんもいろいろで、高級品も安物もあるんだとか。高いのも安いのも手織《てお》りで、イランのあちこちに産地があって、産地によってデザインがちがうそうです。

イスファハンのじゅうたんは、最高級品のひとつ。町にはじゅうたん工房《こうぼう》があるし、バザールでもたくさん売っていて、工房《こうぼう》やバザールで買ったじゅうたんを日本に送るのが、モフセンおじさんの仕事です。

モフセンおじさんは、よその町にもじゅうたんを買いつけに行きます。じゅうたんの産地はイラン中にあるので、買いつけといっては、イラン中を旅しているわけです。

「町だけじゃなくて、砂漠《さばく》の村や、山で暮《く》らす遊牧民のところにも行くんだよ。おじさんは旅が好きなんだ」

アリは自分のことのように、モフセンおじさんのことを得意気に話しました。

話をきいていて、直は「遊牧民」という言葉にひっかかりました。じゅうたんと遊牧民、どこかできいた言葉です。どこできいたんだっけ……？　そうだ！

トゥーバさんがいっていた。

「ねえ、アリの家にあったじゅうたんで、一枚《まい》だけ、変わったのがあるでしょ？　模様《もよう》じゃなくて、絵みたいな柄《がら》のやつ。あれって、アリのお母さん、遊牧民が織《お》ったっていってなかったっけ？」

「ああ、ギャッベのこと？」

「そう！　それ！　ギャッベっていってた。あれ、遊牧民が織ったの？」

「そうだよ。あのギャッベは、モフセンおじさんが、遊牧民がいる山まで行って手に入れたんだ。お母さんがすごく気に入って、ぜったい売り物にしないから、ってせがんで、もらってきたんだよ」

「そういえば、アリのお母さん、ギャッベが好きだっていってた」

アリと直《なお》がギャッベのことで盛《も》りあがっていると、話についていけない暖《だん》がわりこんできました。

「あのさあ、よくわかんないんだけど、ユーボクミンってなに？　人の名前？」

アリと直は顔を見あわせて、ぷっと吹《ふ》きだしました。

「三年生にはわからないか。遊牧民ってのは、人の名前じゃなくて、遊牧してる人たちのことだよ。漢字で『遊ぶ』『牧畜《ぼくちく》』の『民』って書くの」

直《なお》がいばって説明すると、暖《だん》は対抗《たいこう》するようにききました。

「じゃあ、遊牧って、どういうことするの？」

「そりゃあ、羊の群《む》れをつれて、ぶらぶら遊んでるんじゃないの？」

漢字から推測《すいそく》して適当《てきとう》にいうと、アリに「ちがうよ」と訂正《ていせい》されてしまいました。

「漢字では遊ぶって書くけど、遊牧民は遊んでないし、ぶらぶらしてもない」

「でも、牧場みたいなところで羊を飼《か》うんじゃなくて、あちこち自由に動きまわってるんでしょ？」

「あちこち自由じゃなくて、夏は山の上の方、冬はふもとの方にいて、そのあいだの決まった道を移動《いどう》してるんだ」

アリの説明をきいて、暖は勝ちほこったようにいいました。

「直ちゃんだって、わかってないじゃないか」

「しょうがないでしょ、見たことないんだもん。日本には遊牧民いないし」

「でもさあ、なんで夏は山の上なの?」

「ふん、そんなこともわからないの? 夏は山の上の方がすずしいからに決まってるでしょ?」

直《なお》の視線《しせん》をうけて、アリはうなずきました。

「そうだよ。暑くなると、ふもとでは草がかれちゃうけど、すずしい山の上には青い草が残ってるからなんだ」

そこまでは、直も想像《そうぞう》できませんでした。寒くなって草がかれるならわかるけど、暑さで草がかれるって、いったいどんな暑さなんでしょう。きょとんとした直の顔を見て、アリはつけ加えました。

「夏は雨がふらないから、暑くなると、かれちゃうんだよ」

「夏、雨ふらないの?」

暖《だん》がおどろいてききました。

「ぜんぜんふらないから、空気はカラカラで、暑くても汗《あせ》かかないんだ」

「ぜんぜん？　一てきも？」

暖《だん》は信じられなくて、食いさがります。日本の夏はむし暑くて汗《あせ》だらだらなのに、雨がふらなくて汗もかかないなんて。

「そりゃあ、イランの中では、雨がふるところもあるよ。でも、イスファハンや、遊牧民がいる山のあたりは、ふらないんだ」

イランという国は、地図で見ると、すわった猫《ねこ》のような形をしています。背中《せなか》側のカスピ海《かい》に面した地方は、日本に似《に》た気候で、夏も雨がふるそうです。イスファハンがあるのは、猫のおなかのあたり。ギャッベを織《お》るカシュガイ族がいるのはその南の山で、内陸のそのあたりは、夏に雨がふらないのです。

「だから、雨の心配もしないで、外でねられるんだよ」

「そっか」

暖は、やっとのことで納得《なっとく》しました。

「それで、モフセンおじさんは、夏に遊牧民のところに行ったの？」

「そうだよ。夏に、山の高いところまでのぼっていって、遊牧民がテントを張《は》ってる場所を訪《たず》ねたんだ。そこに何日も泊《と》まって、ギャッベが織《お》りあがるのを見てたんだって」

遊牧民の女の人たちは、飼《か》っている羊の毛から糸をつむいで、草や根で色を染《そ》めて、ギャッベを織ります。地面に杭《くい》を打って、機《はた》を組み立て、糸を張《は》るのです。べつの場所に移動《いどう》するときは、杭をぬいて、織りかけのギャッベをつけたまま機をまるめて、ラクダの背《せ》に積んでいきます。そうして移動《いどう》したさきで、また杭を打って、機を組み立て、続きを織ります。だから、どうしてもとちゅうで柄《がら》がゆがんだり、色が変わったり、幅《はば》がせまくなったりするのですが、それもまたギャッベの魅力《みりょく》。遊牧民が織った証《あかし》、ということでした。

「市場で売るために、ギャッベを織ってる遊牧民も多いんだ。でも、その山の遊牧民は、テントをかざるため、自分たちのために、ギャッベを織ってた。売り物じゃないから、かんたんに買えない。思いをこめて織ったものだからね。モフセンおじさんは、何日もかけて遊牧民となかよくなって、ギャッベが織《お》りあがるのを見守って、ゆずってもいいという気持ちになるのを待ったんだよ。もちろんお金も払《はら》ったけど、お金だけじゃ買えなかったって」

「どうやって、なかよくなったのかな」

暖《だん》の疑問は、直《なお》も知りたいところでした。

「話だよ」

「話?」

「モフセンおじさんは、いろんなところを旅してるだろ。その話をきかせてあげるんだ。いろんな町や村、いろんな人や出来事をね。山の遊牧民はなによりも、おもしろい話をよろこぶんだって」

直は感心しました。旅の話も、お金で買えるものじゃありません。山の上にはテレビもパソコンもなさそうですから、おもしろい旅の話をきかせてくれる人とは、なかよくなりたいでしょう。直だって今、モフセンおじさんの旅の話を、ききたくてたまらなくなっているんですから。

「いいなあ。アリもイスファハンで、モフセンおじさんから旅の話をきいたんでしょ？　あたしもきいてみたいな。おもしろかった？」

うらやましくなって、直《なお》がきくと、アリは目をきらきらさせて答えました。

「うん。いちばんおもしろかったのは、その遊牧民のギャッベ織《お》りの話だよ。すごくふしぎな話でさ、おれもギャッベ織りを見てみたいっていったら、いつかつれていってやるって約束してくれたんだ」

「ふしぎな話って、どんな話？」

「ききたい？」

アリは、思わせぶりに直の顔をのぞきこみました。

「うん」

「じゃあ、ヘンダワネのタネにきいてみようか」

アリはおかしなことをつぶやいて、短パンのポケットから小銭《こぜに》入れをとりだしました。小銭《こぜに》入れをあけて、中からつまみだしたのは、お金ではなくて、黒くて小さなタネでした。

「それ、スイカのタネ？」

さっきまでぺっぺと飛ばしていた、スイカのタネにそっくりです。でも、アリは首を横にふりました。

「スイカじゃない。ヘンダワネのタネだよ。おれの宝物《たからもの》。モフセンおじさんにもらったんだ」

「なんでタネなんかくれたの？」

「そりゃ、タダのタネじゃないからさ。このタネには、ふしぎなギャッベ織《お》りの話がとじこめてあるんだ。ききたくなったら、いつでもきけるように。ほら、こんなふうに……」

アリは指さきでつまんだタネを、耳もとにあてました。そして耳をかたむけて、じっときき入りました。

「なにかきこえるの？」

アリは、神妙《しんみょう》な顔でうなずきました。

「モフセンおじさんの声がきこえる。ギャッベ織《お》りの話をしてる」

「きかせて」

タネをかりて、耳にあててみましたが、直《なお》にはなにもきこえません。

「だれにでもきこえるわけじゃないんだ。それに、ペルシア語でしゃべってる。でも、どんな話か思いだしたから、日本語で話してあげようか」

「うん。ききたい」

直はせがみました。

「モフセンおじさんみたいに、星を見ながら話してよ」

暖《だん》はそういって、縁側《えんがわ》にごろっとあおむけになりました。空はもう西のはしまで暗くなって、星がいちめんにきらめいています。

直も、ごろんとねころがりました。星空がぐわんと広がります。イランの夏の

夜も、こんな星空でしょうか。

「いいね、それ」

リコちゃんも横になりました。

「じゃあ、モフセンおじさんになったつもりで話すからね」

アリもねころがって、ヘンダワネのタネにとじこめられた、ふしぎな話をはじめました。

6 ヘンダワネのタネの物語

どのくらい歩いたかなあ。切り立った岩の山道をのぼり続けていたら、いきなり空がぱあっと広がって、目の前に平原があらわれたんだ。白っぽい岩の地肌《じはだ》が広がるむこうに、風にそよぐ草地が緑色にかがやいている。赤や黄色の野花も、あざやかな色をまきちらすようにゆれている。天国にきてしまったのか、ってうっとりしたよ。

風に吹《ふ》かれてたたずんでいると、遠くの方から音がきこえてきた。タンタン、タンタン、タンタンタン、トントン、トントン、トントントン……。

音のする方に歩いていくと、風にのって、なにか細長いものが、

ひゅるひゅると飛んできて、草地の赤い花をまきとったんだ。なんだろう、と思っていると、また飛んできて、今度は黄色の花をまきとって、もどっていった。ひものような、見たことがない生き物だ。用心して立ちどまると、今度は歌がきこえてきた。

ギャッベ　ギャッベ、ギャッベを織《お》るの
緑の草に　赤い花、黄色いおひさま、青い空

女の声だった。タンタン、トントン、と拍子《ひょうし》にのせて、はずむように楽しげに歌っている。あやしい生き物が飛んできた方向からきこえてくる。おれはまた歩きはじめた。天国で歌ってる女を、ひと目見てやろうと思ってね。

草地にわけ入っていくと、白や黒の羊たちが見えかくれした。犬が

ほえながらかけてくる。馬にまたがった男が、あとを追ってくる。遊牧民だ。

遊牧民の男は、おれを天幕《てんまく》に招《まね》いた。追《お》い払《はら》われるかと思ったら、歓迎《かんげい》されたんだ。あとでわかったんだが、遊牧民というのは、旅人を歓待《かんたい》するものらしい。その日から一か月も、おれはその天幕で世話になった。

山羊《やぎ》の毛で織《お》った黒い天幕は、色とりどりのふさでかざられて、床《ゆか》にも色とりどりのじゅうたんがしかれていた。お茶をごちそうになっていると、旅人の顔を見に、色とりどりの服をきた女たちがやってきた。色のちがうスカートを何枚《まい》も重ね着し、色のちがうスカーフで、髪《かみ》や額《ひたい》をおおっている。星くずのようにぬいつけたスパンコールが、笑いさざめくたびに、キラキラとゆれる。

外からまた、タンタン、トントンという音がきこえてきた。すぐ近

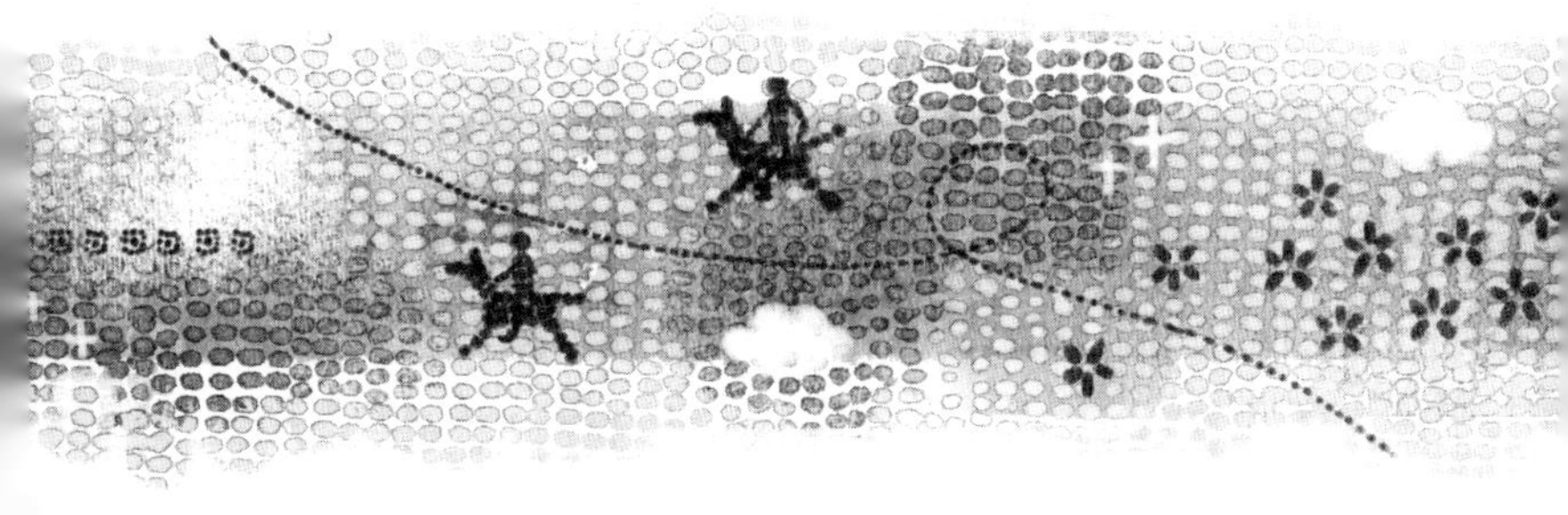

くのようだ。あの音はなにか、とたずねると、ギャッベを織《お》っているという答えだった。見せてもらえないか、とたのむと、女たちは意味ありげに顔を見あわせてから、おれの目を見てうなずいた。

テントをでた少しさきに、地面に水平においた機《はた》にむかう女がいた。調子をとって、鉄のくしで横糸をたたきこんでいる。そばに行って見ると、織りかけのギャッベは、緑色の草地に赤や黄色の花が咲《さ》くようすを描《えが》いていた。

ギャッベ　ギャッベ、ギャッベを織るの
緑の草に　赤い花、黄色いおひさま、青い空

歌の通りの絵だ。

横糸をたたきこんでしまうと、女は、色糸の玉から糸を一本

ひっぱって、縦糸《たていと》にからませた。色糸を縦糸にからませて結んでは、毛さきをナイフで切る。一段《いちだん》終わったら横糸を通してたたきこみ、また色糸を結んでいく。それをくりかえして、方眼紙《ほうがんし》のマス目をうめるように織《お》っていくやり方は、ほかの産地と変わらない。

工房《こうぼう》とちがうのは、外で織っていること。機《はた》を壁《かべ》に立てかけずに、地面に広げていることだ。機に張《は》った縦糸の上を、ニワトリが歩いていくし、機のさきでは羊たちが草を食べている。そのむこうでは、男たちが馬でかけていて、そのすべてが風につつまれている。

ふと気がつくと、色糸がふわふわ宙《ちゅう》を舞《ま》っていた。風に流されたのかと思ったら、そうじゃなくて、生き物のように飛んでいる。

（さては、きたときに見た、あやしげな生き物の正体は、こいつだな）

そう思って、どこへ行くのか見ていたら、糸は草地におりて緑の草をつかむと、女の手にもどってくるじゃないか。勝手に動いているよ

うに見えたけれど、実は女が糸をあやつっていたらしい。糸がつかんできた草は、あっというまにギャッベに織《お》りこまれて、模様《もよう》になってしまった。女は次にべつの色糸を風に運ばせ、赤い花をとってこさせた。そしてギャッベに織りこんだ。

　びっくりしたね。こんなじゅうたん織り、見たことない。まるで手品か、魔法《まほう》じゃないか。

（遊牧民は、こんな手を使ってギャッベを織るのか）

羊の毛をつむいだ毛糸、そいつに命を吹《ふ》きこんで、草や花をとってこさせて、ギャッベに織りこんでしまう。こんな芸当、遊牧民でなきゃできやしない。おれはすっかり感心して、ギャッベ織りに見とれたよ。

　それから毎日、ギャッベ織りを見てすごした。遊牧民の女は、糸で木や鳥や羊までとってきて、ギャッベに織りこんでみせた。細い糸が

大きな木にからみついて、ひょいっと持ちあげてギャッベに入れてしまうんだけど、木はなくなるわけじゃなくて、もとのままなんだ。それはそれは愉快《ゆかい》で、何度見ても、まったくあきなかったね。

写真に撮《と》ってやろうと、一度、カメラをかまえたことがあった。すると、女は歌をやめて、宙《ちゅう》を泳いでいた糸は、とたんにぱっと消えてしまった。

(天国で見る夢《ゆめ》は、写真に撮れないってことだな)

おれはそう解釈《かいしゃく》して、それきりカメラはださなかった。写真に残すより、この目に焼きつける方が、ずっと大事なことってあるだろ?

ギャッベ織《お》りを見ながら、実はおれは、べつのものも見ていた。若《わか》くてきれいな娘《むすめ》だよ。泉に水くみにいったり、羊の乳《ちち》をしぼったりする娘を、おれはちらちら盗《ぬす》み見《み》していた。すると、それに気づいたギャッベ織りの女が、ひゅるっと糸を飛ばして、娘をギャッベにひき

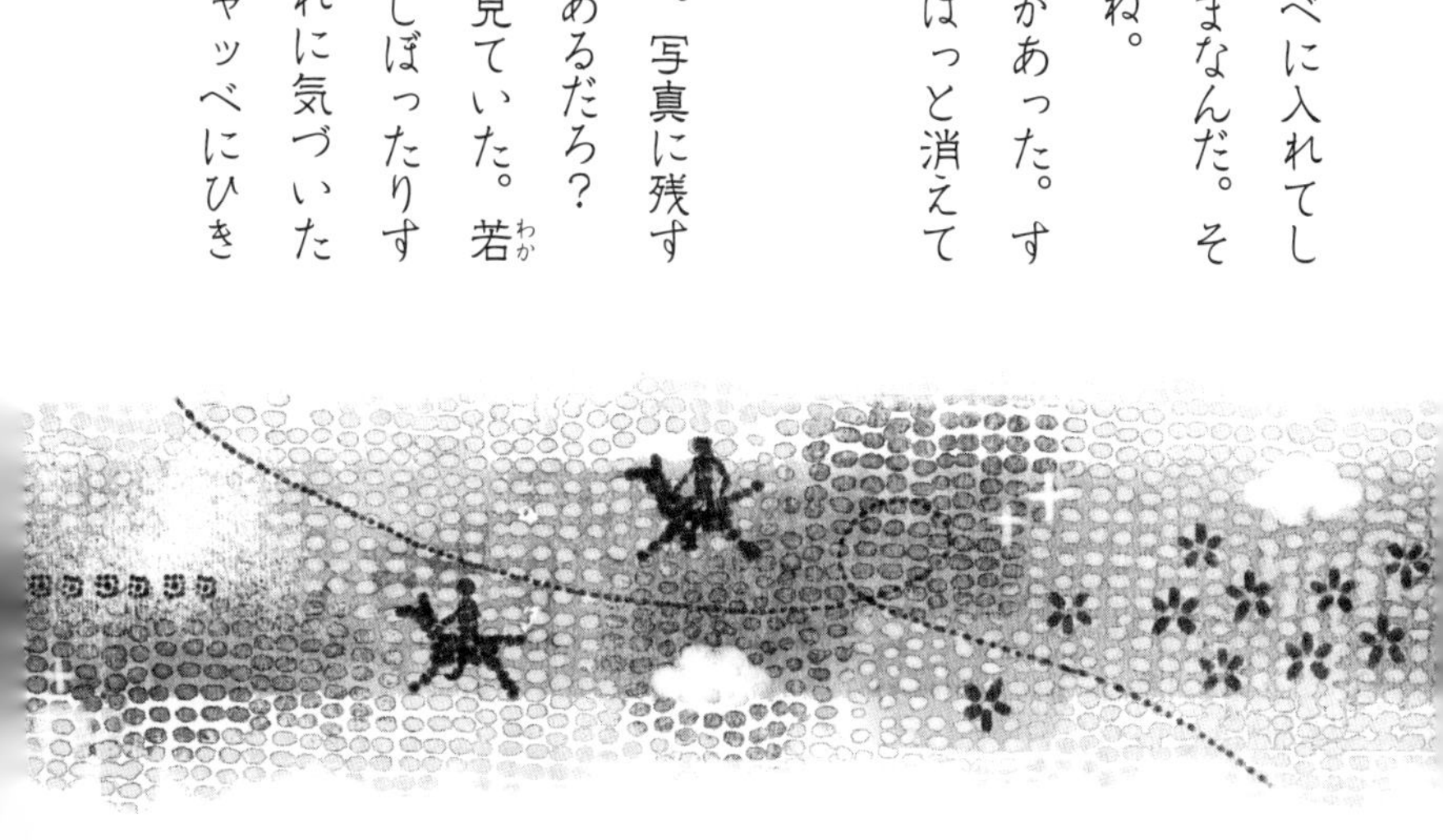

こんでしまったんだ。

さすがにぎょっとしたね。そしたら、ギャッベ織《お》りの女はニヤッと笑って、おれにまで糸をまきつけようとしたんだ。あせったよ。なくなるわけじゃない、とわかっていても、ギャッベにひきこまれるのはこわかった。抵抗《ていこう》すると、女はつまらなそうに舌《した》打《う》ちして、おれの糸をしぶしぶほどいた。

それから数日して、旅の商人が馬で通りかかった。その男も、おなじ娘《むすめ》を気に入ったらしく、しつこく目で追いかけていた。それを見たギャッベ織りの女は、男に糸を飛ばしたんだ。男には、糸が見えなかったんだな。からめとられているのにも気づかなくて、まったく抵抗《ていこう》なく、ギャッベにひきこまれてしまった。

男は天幕《てんまく》にひと晩《ばん》泊《と》まって、次の朝にはでていった。朝、水くみにでかけた娘も、そのままもどってこなかった。ギャッベには、馬

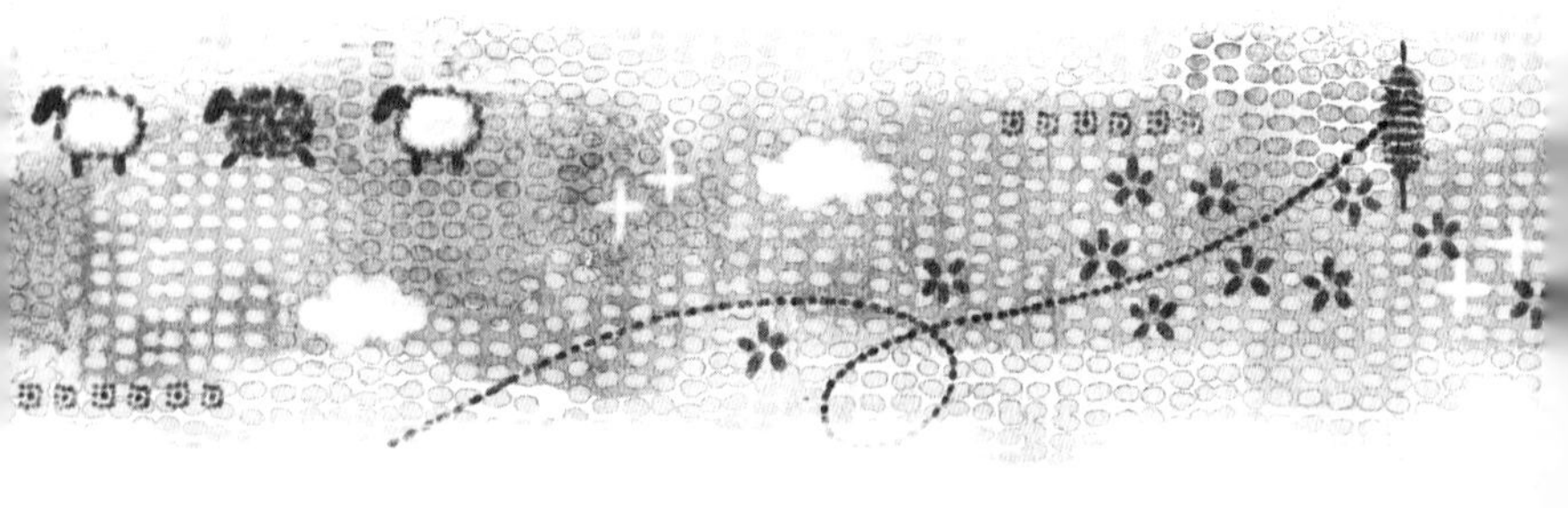

にのった男と娘《むすめ》が描《えが》かれていた。ふたりで行ってしまったんだ。いつのまに馬もギャッベにひきこんだんだろう、って唖然《あぜん》としたよ。

（もし、おれがあのとき、ギャッベにひきこまれていたら……）

　どうなっていたか、考えると、ぞくっとする。

　そのあとも、女は雲をつかみ、風をひきこみ、夕焼けと夜の闇《やみ》をぬりこめて、ギャッベを織《お》りあげた。織りあがったギャッベには、おれが目にした遊牧民の世界が描《えが》かれていた。緑の草原、赤や黄の花々、白い羊、白い雲、太陽と青空、夕焼けと星空が描かれて、黒い馬にのった男と赤い衣装《いしょう》の娘も、ちゃんと風景の一部になっている。

　おれは、そのギャッベを売ってくれとたのんだ。女は断《ことわ》ったが、何度もたのんでみた。

「ギャッベの秘密《ひみつ》を見たから、おまえにはやれない」といわれたので、「見たことは秘密にする」と約束した。すると疑《うたが》わしそうな目で、

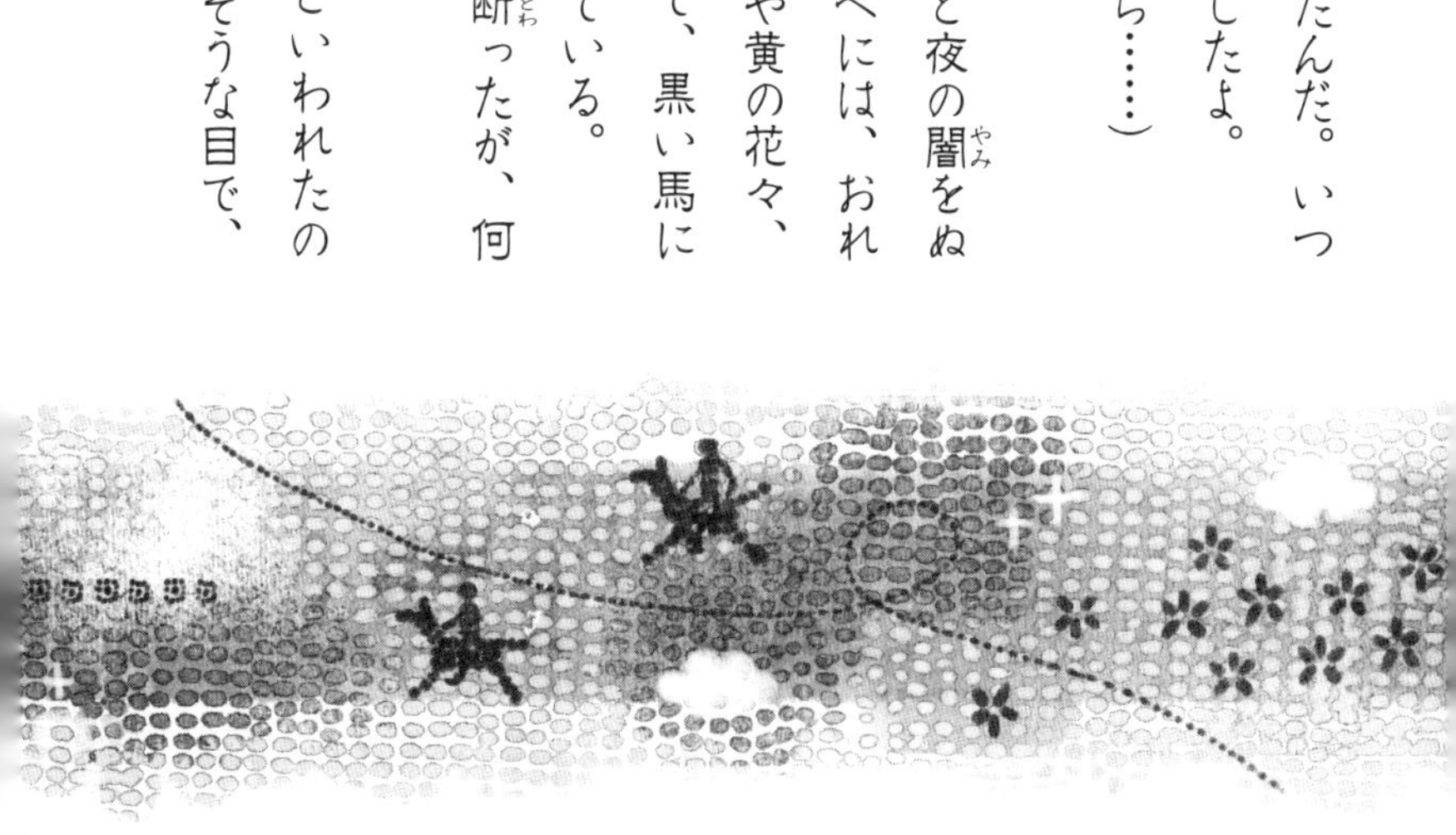

「どうやって秘密《ひみつ》にするのか？」ときかれた。「ヘンダワネのタネにとじこめる」と答えると、女は目をみはって、「やってみろ」とためすようにいった。

おれは、ポケットから黒いタネをひとつとりだした。こういうときのために、ヘンダワネのタネをいつも数個《すうこ》ポケットに入れている。そのタネに、この目で見たギャッベ織《お》りのすべてを話したんだ。

話が終わると、女は満足そうにうなずいた。ギャッベの秘密はヘンダワネのタネにとじこめられた、と納得《なっとく》したようだ。ピンと張《は》った縦《たて》糸《いと》にざくざくとナイフを入れて、ギャッベを機《はた》から切りとると、空にむかってほうり投げた。ギャッベはひらひらと宙《ちゅう》を舞《ま》い、おれの前に着地した。「持っておいき」と女はあごをくいとあげた。

そうやって、おれはついに、ギャッベを手に入れたんだ。

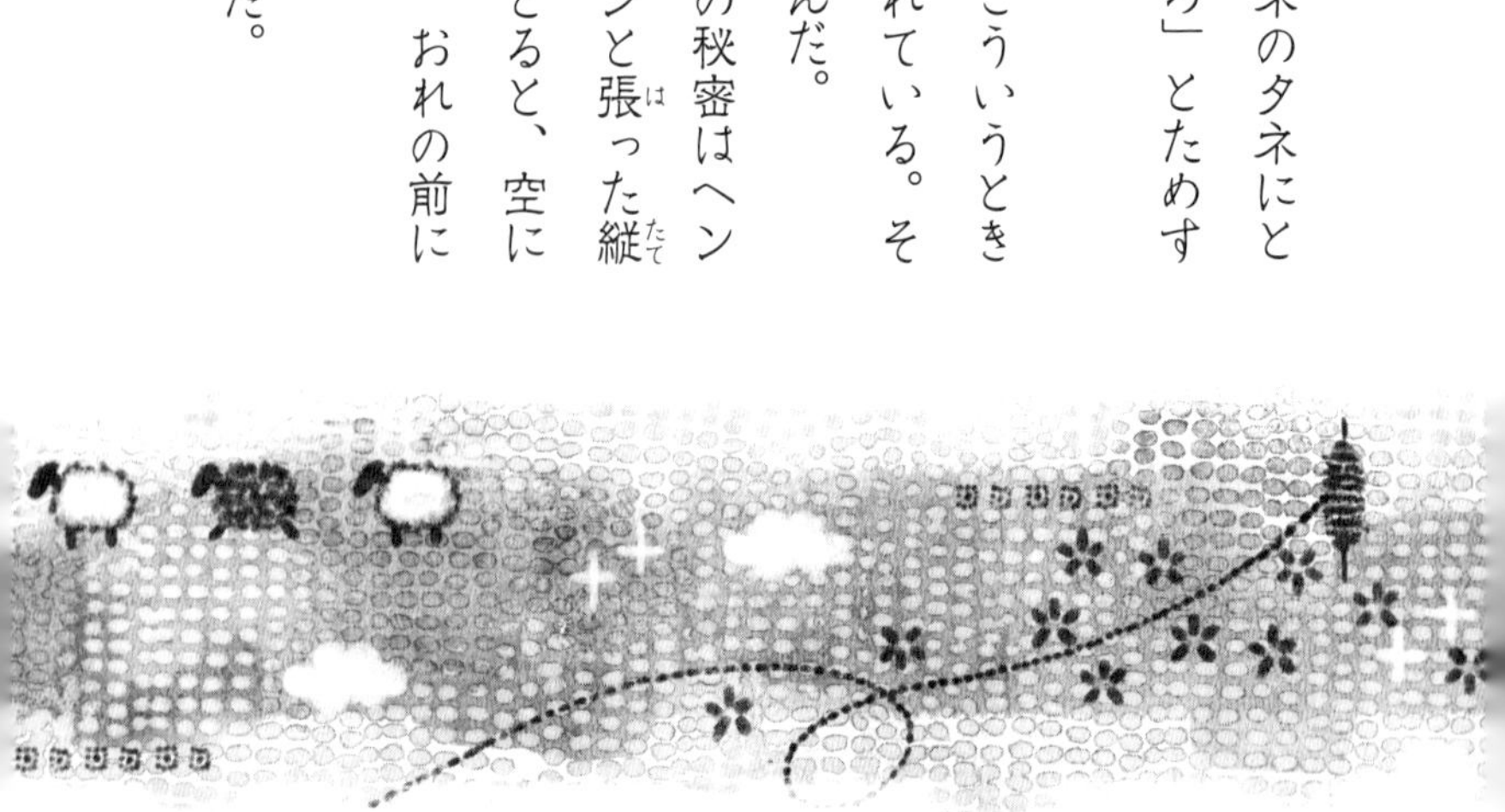

7　タネが見せたヘンな夢《ゆめ》

アリの話をききながら、直《なお》は夢《ゆめ》を見ている気分でした。その夢は、イスファハンの庭で見あげる星空からはじまって、岩だらけの山へ、遊牧民の草地へと場面を移《うつ》し、天幕《てんまく》やきかざった女たちや、ふしぎなギャッベ織《お》りを見せてくれました。話が終わって、アリが口をつぐんだあとも、消えていく虹《にじ》のような、あざやかな余韻《よいん》が残りました。

それなのに、暖《だん》ったら、気分をぶちこわすことをいったのです。

「モフセンおじさん、秘密《ひみつ》、守ってないじゃん」

せっかくひたっていた余韻も、さっとさめてしまいました。

「モフセンおじさんはアリに話して、アリはぼくたちに話しちゃってさあ。

ギャッベの秘密《ひみつ》、バラしちゃっていいの？」

「よくない」

アリの表情《ひょうじょう》も、さっとくもりました。暖《だん》に指摘《してき》されて、アリも現実《げんじつ》にひきもどされたようです。

（しまった。なんでしゃべっちゃったんだろう。ひとりでこっそり思いだしていた話だったのに……）

アリは、あわてて三人にたのみこみました。

「この話、だれかに話したの、初めてなんだ。お母さんもお父さんも知らない。だから、暖もオノナオもリコちゃんも、ほかの人には話さないでね」

「ぼく、話しちゃいそうだなあ。秘密って、苦手なんだよ」

「じゃあ、暖もヘンダワネのタネに、今きいた話をとじこめなよ」

アリがいうと、暖は首をかしげました。

「とじこめるって？」

モフセンおじさんの話の中でも、ギャッベの秘密《ひみつ》をヘンダワネのタネにとじこめるといっていましたが、直《なお》も、どういうことかよくわかりませんでした。

「ヘンダワネのタネにはふしぎな力があるって、昔からいわれてるんだって。モフセンおじさんが教えてくれた。秘密にしておきたい話を吹《ふ》きこんで、とじこめることができるんだよ。とじこめたらすっきりして、秘密を忘《わす》れちゃう。でも、ヘンダワネのタネを耳にあてれば、とじこめた話がきこえてきて、秘密を思いだせるんだ。おれも今、ヘンダワネのタネを耳にあてるまで忘れてたけど、話がきこえて思いだしたんだよ」

みんな感心して、アリのてのひらにのったヘンダワネのタネを見ました。この小さな黒いタネに、そんなふしぎな力があるとは、おどろきです。

「でも、どうやってとじこめるの？」

それこそ、ききたいことでした。

「もう一回、きいた通りに話すんだ。おれも、モフセンおじさんからきいたギャッベの話を、そっくりそのままタネに話しかけて、中にとじこめた」

「ムリ！　きいた通りになんて、話せっこないよ」

暖《だん》は即答《そくとう》しました。いくらおもしろい話でも、一度きいただけでそのまま再現《さいげん》するなんて、アリはよくできたものです。暖ができないというと、アリはホッとしたようでした。

「だったら、だいじょうぶだ。きいた通りに話せなかったら、ほんとうの秘密《ひみつ》を話したことにならないんだって。モフセンおじさんがいってた」

それをきいて、暖も胸《むね》をなでおろしました。うっかりだれかに話したとしても、秘密をもらしたと責《せ》められる心配はなくなったからです。

リコちゃんがしみじみといいました。

「それにしても、ふしぎな話だね。アリはその遊牧民がいるところに、モフセンおじさんにつれてってもらう約束をしたんだ」

「うん」

「うらやましいな。わたしもそのギャッベ織《お》り、見てみたいよ」

「あたしも」

直《なお》も、思わずいいました。

「ギャッベ織り、見てみたい。遊牧民も、見てみたい」

「だったらさ」

アリがヘンダワネのタネをつまみあげ、直の目の前にさしだしました。

「このタネを、枕《まくら》の下にしいてねてみなよ。夢《ゆめ》で見られるから」

「ほんと？　そんなことできるの？」

「ヘンダワネのタネには、そういう力もあるって、モフセンおじさんがいってた。やってみる？」

「うん。やってみる」

直はアリから、ヘンダワネのタネをうけとりました。

「ヘンダワネのタネって、やっぱりヘンなタネだね。直ちゃん、この呪文《じゅもん》、唱えるといいよ」

暖《だん》はいきなり立ちあがると、両手を広げて腰《こし》をくねらせました。

「ヘンダワネって、ヘンだわね〜。ヘンだわ、ヘンだわ、ヘンだわね〜」

「ばーか。そんな呪文《じゅもん》唱えたら、ヘンな夢《ゆめ》見ちゃうよ」

直《なお》は顔をしかめましたが、アリもリコちゃんもおなかをよじって大笑いです。

さて、黒くて小さなタネにとじこめられた秘密《ひみつ》の物語、夢にあらわれてくれるでしょうか。


その夜、二階のアトリエをかねた寝室《しんしつ》で、ふたりだけになると、リコちゃんは直に、新しい作品を見せてくれました。それは、奥多摩《おくたま》の里山を写した風景写真を下地に、刺繍《ししゅう》で絵を描《か》いた「朝」「昼」「夕」「夜」と題した四枚《まい》の連作でした。地もとの旅館の依頼《いらい》で作ったそうです。

「おもしろい」

直《なお》は、目をかがやかせました。写真に刺繍《ししゅう》をするなんて、どこから思いついたのでしょう。実際《じっさい》の風景を切りとった写真と、糸が生みだした創造《そうぞう》物《ぶつ》とがからみあって、なんとも幻想的《げんそうてき》な世界になっています。

「おもしろいでしょ。ま、アリの話ほどじゃないけどさ」

いつもなら新作を自慢《じまん》するリコちゃんが、なんだかちょっといじけたいい方をしました。

「遊牧民のギャッベ織《お》り、すごいよね。糸を飛ばして、花を盗《ぬす》むなんてさ。実際《じっさい》はそんな手品みたいなこと、してないと思うよ。けど、もしかしてそうしてるんじゃないかって思わせるような魅力《みりょく》

が、ギャッベにはあるわけだ。それって、すごいよ。この新作、我《われ》ながらいける
と思ってたけど、ああいう話をきいちゃうと、うらやましくて落ちこむね」
「リコちゃんでも、うらやましいと思うことあるんだ」
「あんまりないけど、ギャッベはうらやましいな。ギャッベの話をできるアリも
うらやましい」
リコちゃんがうらやましい直《なお》には、意外なことでした。そして、リコちゃんを
うらやましがらせるような話ができるアリを、うらやましく思いました。
「ギャッベの話だけじゃなくて、あのナイフ技《わざ》とか、ヘンダワネのタネとか、ア
リはいろいろいいもの持ってるよ。モフセンおじさんからもらったっていうよ
り、イランの歴史とか伝統《でんとう》とか、代々伝わった文化からもらったプレゼント、って
感じがする。イランのことなんてなにも知らなかったけど、今日一日ですごく気
になる場所になったなあ。いつか行ってみたいね」
リコちゃんのいう通りです。朝、アリの家で見るまで、直も、ギャッベのこと

など知りませんでした。チェロキャバブやヨーグルト・サラダを食べるまで、イラン料理なんて想像《そうぞう》もできませんでした。でも、今日一日で、ギャッベやキャバブやイランのいろんなことに、すごくひきつけられたのです。

それに、「サッカーが得意な人気者」としか思っていなかったアリのことも、今日一日で、ずいぶんわかったような気がしました。アリは、直《なお》たちの知らないイランのすてきなものをいっぱい持っているのです。

「あたし、イスファハンに行ってみたいな。イスファハンって言葉のひびき、きれいだと思うんだ。ペルシア語も、もっときいてみたい」

「わたしは断然《だんぜん》、遊牧民がいる山に行きたい」

といいきると、リコちゃんは、なにかを追うような目を宙《ちゅう》の一点にむけました。

「遊牧民にとってギャッベを織《お》るのは、たぶん特別なことじゃないんだよ。羊の毛から糸をつむいで、草花や根から色を染《そ》めて、目に見える景色を織るのは、昔からみんなでやってきたことでさ、歌いながら織るのも、仕事か遊びかなんて区別してない。ものすごく豊《ゆた》かだよね。それに比べたら、わたしがやってる創作《そうさく》なんて、知れてるな。作品のためにもがいてるのが、むなしくなるよ」

直《なお》にはリコちゃんのいってることの意味が半分もわかりませんでしたが、ギャッベ織《お》りにすごくあこがれて、すごくくやしがってることはわかりました。

「リコちゃんも、遊牧民みたいに作りたいの？」

「遊牧民みたいにできるとは思わないよ。けどさ、そんな気分を味わってみたいね。なにしろ見てみたいよ、ギャッベ織《お》り」

ギャッベ織りを見たい気持ちは、かなり切実なようでした。でも直も、アリが話してくれた世界を夢《ゆめ》で見てみたかったので、ヘンダワネのタネをリコちゃんにゆずるわけにはいきません。

リコちゃんのベッドの横に布団《ふとん》をしくと、枕《まくら》の下にヘンダワネのタネをそっとしのびこませました。電気を消すときに、リコちゃんがいいました。

「ヘンダワネのタネ、夢を見せてくれるといいね」

タンタン、タンタン、タンタンタン

あれ、あたし、なにやってるんだろう？　手には鉄のくしをにぎって、それをふりおろしてる。

「もっと力いっぱい、たたいてね。こんな感じですよ」

トゥーバさん？　スパンコールをちりばめた青い衣装《いしょう》きて、ピンクのスカーフをかたにたらして、どうしちゃったの？　びっくりしていたら、トゥーバさんはお手本を見せるように鉄のくしをふりおろした。

ダンダン、ダンダン、ダンダンダン

「ナオちゃん、やってみて」

トゥーバさんにいわれて、もう一度、鉄のくしをふりおろす。鉄のくしをにぎったあたしの腕《うで》も、スパンコールをちりばめたピンクのそでにくるまれている。地面にしゃがんだ足もとには、ピンク、緑、黄

色、と色のちがうスカートのすそが重なってる。目の前にあるのは、織《お》りかけのギャッベ。鉄のくしがたたきこんでいるのは、ギャッベの横糸。もしかして、あたし、遊牧民になっちゃったの？

トントン、トントン、トントントン

「もっと強く」

ドンドン、ドンドン、ドンドンドン

トゥーバさんは、力強くリズミカルに横糸をたたきこんでいく。ぜんぶたたきこんでしまうと、トゥーバさんは色糸を手にとった。

「次は、色糸を縦糸《たていと》に結びますよ。よく見てね。こうやって、くるっとひっかけて、ナイフで毛さきを切ります。はい、やってみて」

トゥーバさん、ギャッベの織り方、知ってるんだ。感心しながら、教わった通り、二本の縦糸《たていと》に色糸をからませて結んでみた。

あたしは、遊牧民になって、トゥーバさんからギャッベ織りを教

わっているところらしい。ちゃんとおぼえなきゃって、いっしょけんめい糸を結んでるところ。

「オノナオ、あれやってよ」

顔をあげると、機《はた》のむこうにアリがいた。T《ティー》シャツをきてる。アリは遊牧民じゃないのかな？

「あれって、なに？」

「あれだよ、糸を飛ばして、ひっかけてくるやつ」

ああ、あれか。だけど、あれ、どうやってやればいいんだろう……？　となりのトゥーバさんが「歌ってみて」と助け船をだしてくれた。

「ギャッベの歌、歌えば、できますよ」

そうか。ギャッベの歌を歌って、糸を飛ばせばいいんだ。歌ならよくおぼえてる。

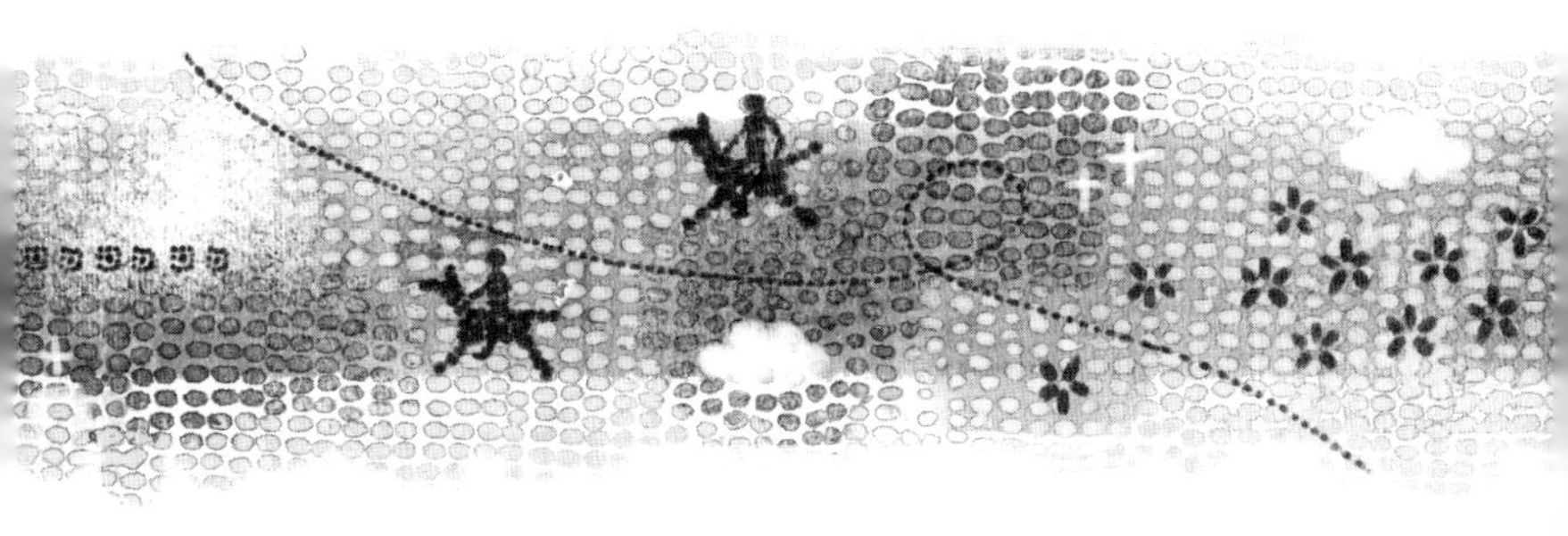

ギャッベ　ギャッベ、ギャッベを織《お》るの
緑の草に　赤い花、黄色いおひさま、青い空

歌いながら、糸をほうり投げてみた。飛んでいく糸のさきを見ると、羊が草を食べていた。糸が羊にからみついたから、ぐいっとひっぱってみたら……、

「わあああ……」

羊がこっちに飛んできて、ぶつかりそうになった。あわててからだをふせたら、羊はしゅるしゅるとギャッベにすいこまれて、ギャッベの中で羊の模様《もよう》になっちゃった。

糸が飛んでいったさきを見ると、羊はさっきとおなじように草を食べている。どうなってるの？　飛んできた羊はまぼろし？　アリはお

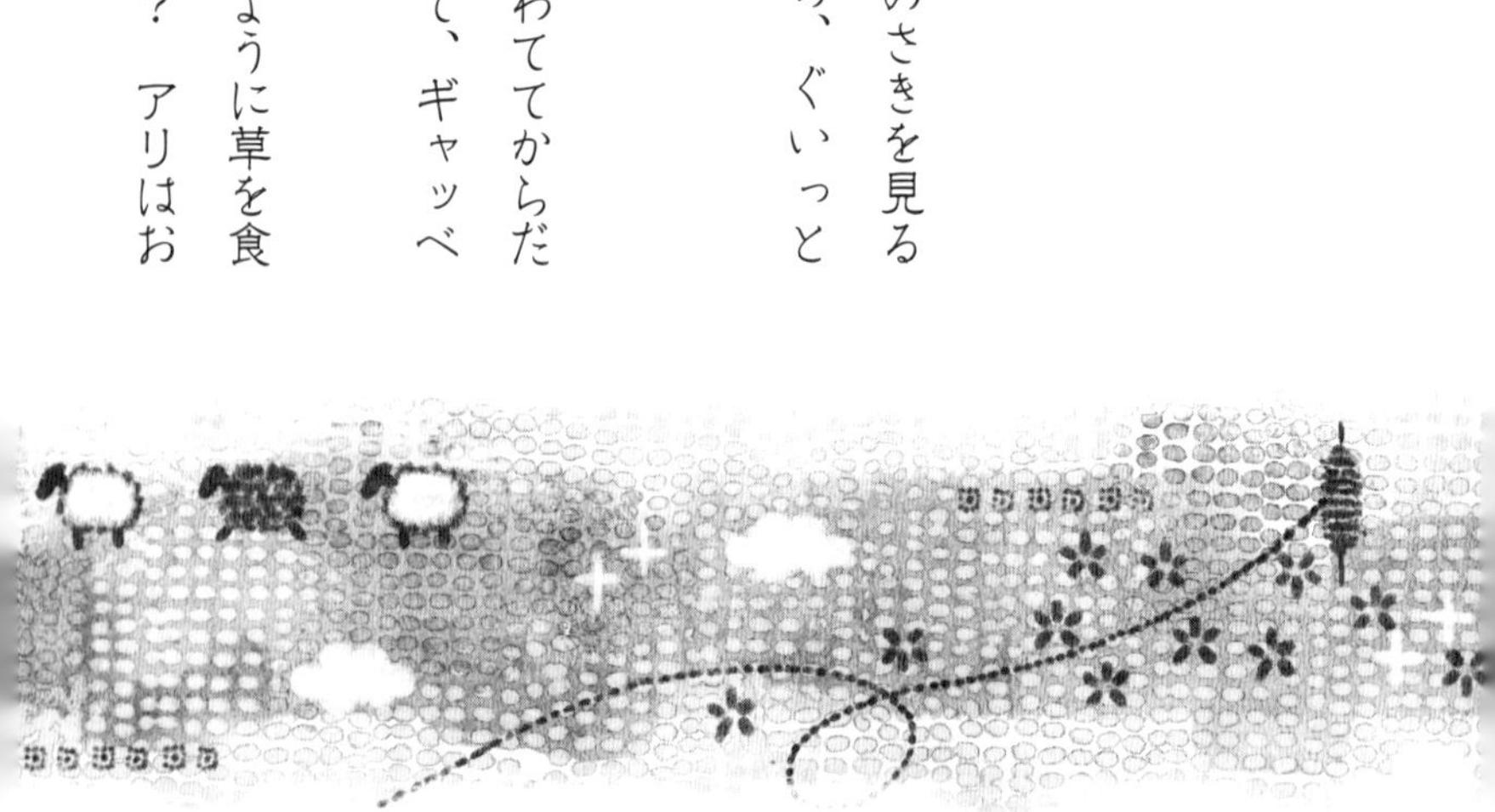

もしろがって笑ってる。

「オノナオ、もっとやって」

アリにせがまれて、もう一回やってみた。今度はまずねらいを定めて、花びらをひらひらさせてる赤いケシに糸を投げた。ねらいを定めた分、糸はスピードをだして、すばやく花をひっかけてもどってきた。

「もう、ひとりで織《お》れますね」

トゥーバさんはそういって、どこかに行ってしまった。

「もっともっと」

と、アリがせがむので、黄色い花や緑の草、遠くの木や、空の雲まで、糸でつかまえてギャッベに織りこんだ。慣《な》れてくるとかんたんで、目に映《うつ》るものはなんでもギャッベに織りこめる。

トゥーバさんが、スイカをかかえてもどってきた。ペルシア語でなにかきかれて、たぶん「スイカ食べる？」ってきかれたんだと思うけど、

わからないから首をかしげた。そしたら、アリが立ちあがって、トゥーバさんにいきなりおこった。

「ペルシア語で話しかけるなよ」

さっきまで笑いころげていたのに、アリはこわい顔でトゥーバさんをにらみつけてる。トゥーバさんは悲しそうにほほえむと、アリにスイカをわたして、あたしのそばにやってきた。そして、ギャッベの歌を歌った。ペルシア語で。

アリはナイフでスイカを切って、かぶりついて、タネをぺっぺっと飛ばしはじめた。

トゥーバさんの歌は、すごくすてきなひびきだった。ペルシア語の歌詞《かし》は耳に心地よくて、うっとりきき入ってると、ギャッベの色糸が、目の前でゆらゆらとおどりだした。糸のダンスはだんだん動きが大胆《だいたん》になる。気がつくと、トゥーバさんも、両手を広げておどってい

る。

あたしもいっしょにからだをゆらして、ギャッベの歌を歌った。

「ギャッベ」ってところ以外は歌詞《かし》がわからなくて、ペルシア語を適《てき》当《とう》にまねして歌ったら、トゥーバさん、すごくうれしそうににっこりしたんだ。

そのとき、おどっていた色糸がトゥーバさんにからまりついて、しゅるるるって、ギャッベの中にひきこんでしまった。あっというまにトゥーバさん、ギャッベの模様《もよう》になっちゃって、もうびっくり。

そのあと色糸は、アリの方によっていき、からみつこうとした。

「やめろよ、オノナオ、おれはギャッベに入らない」

あたしがあやつったんじゃなくて、糸が勝手にアリにまきついたんだけど、アリは、あたしのせいだと思ったみたい。あたしをにらみつけて、いった。

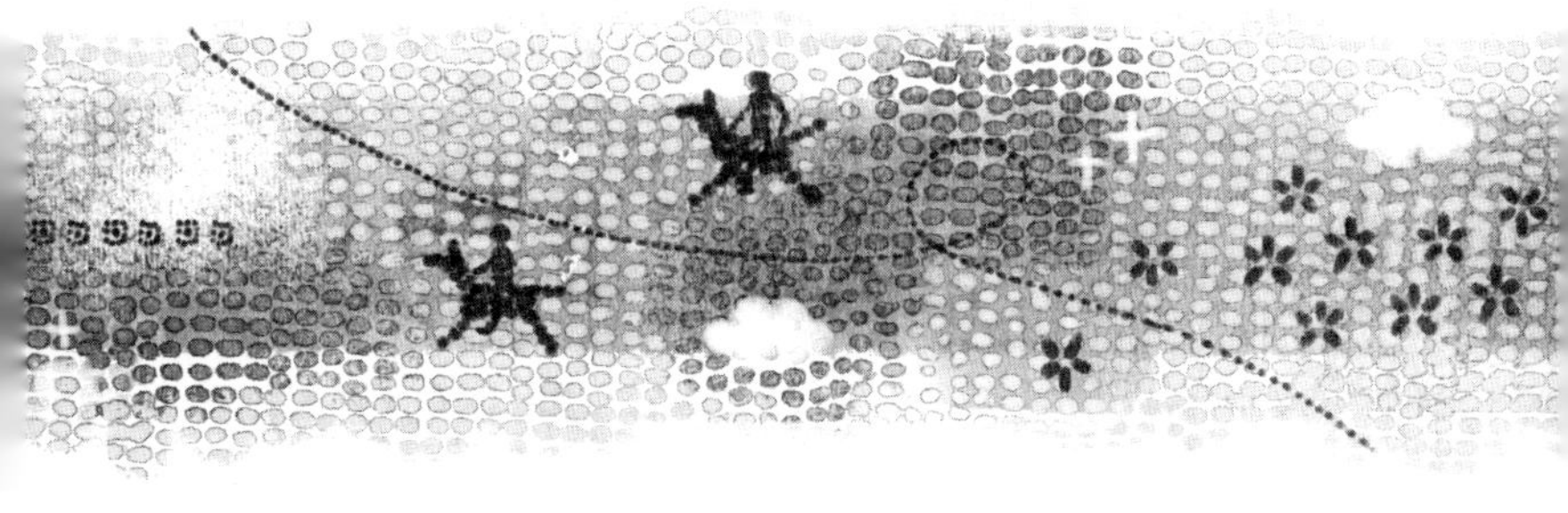

「おれはペルシア語なんか、しゃべらないからな」

ペルシア語？　なんで？　あたし、ペルシア語のことなんていってないのに……。そういおうとしたら、アリは、ギャッベの中のトゥーバさんに、スイカのタネをぺっぺっと飛ばして、いったの。

「秘密《ひみつ》にするんだ。ヘンダワネのタネに、とじこめるんだ」

その言葉で、直《なお》は夢《ゆめ》からさめました。

アリが語ったモフセンおじさんの物語とはちょっとずれた、ヘンな夢でした。

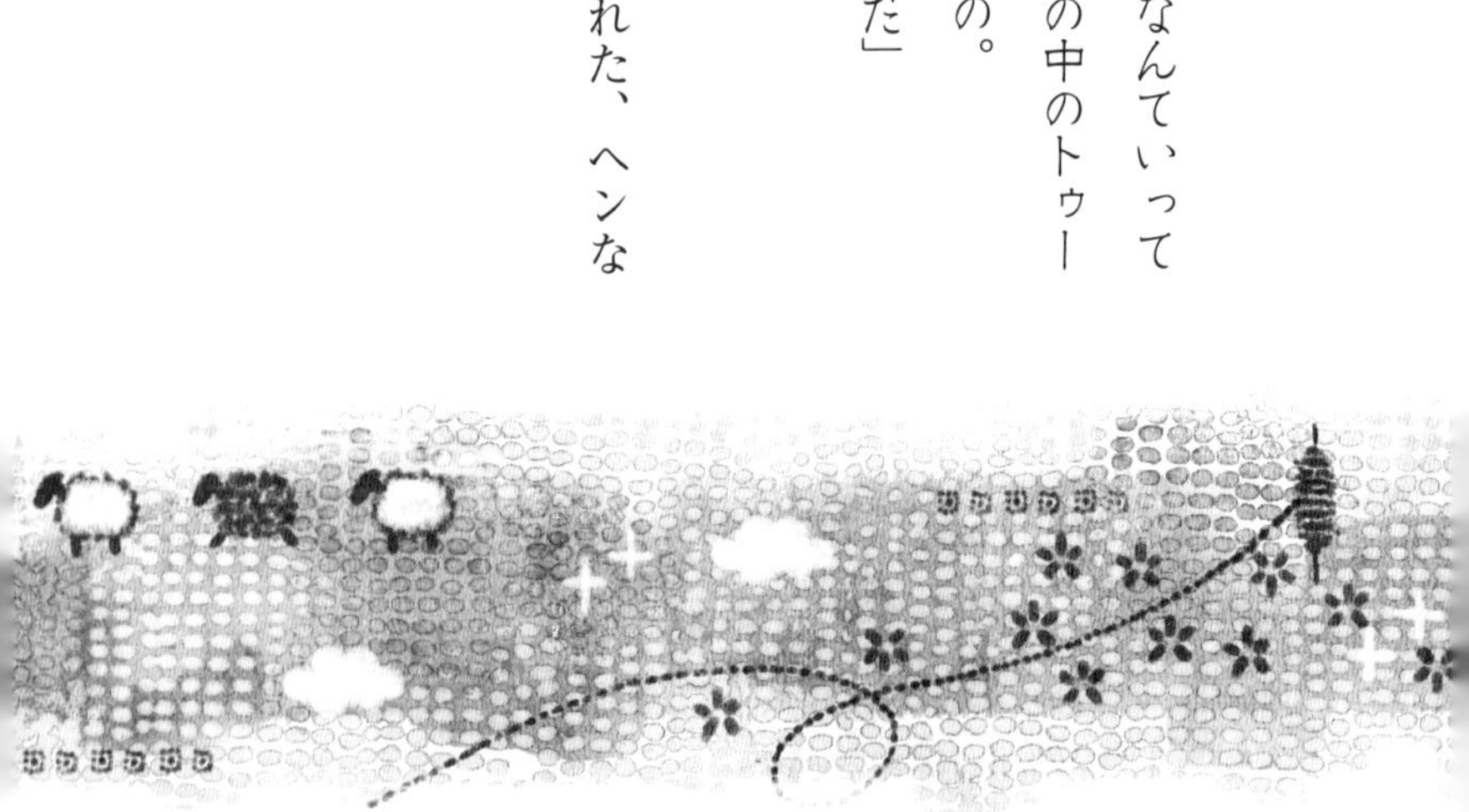

8 ヘンダワネのタネの力

直《なお》が一階におりていくと、リコちゃんは台所でフライパンに卵をわり落としているところでした。

「ベーコンエッグ？」

フライパンをのぞきこむと、目玉焼きの下で、輪切りのトマトがじゅうじゅう音を立てています。

「ベーコンって豚肉《ぶたにく》だから、アリは食べられないじゃない。だから、トマトにしてみた。昨日《きのう》の焼いたトマト、おいしかったからさ。ところで直ちゃん、ヘンダワネのタネで、夢《ゆめ》、見られたの？」

「うん」

「へえ〜、見たんだ〜」

リコちゃんは火をとめると、アリと暖《だん》がねている座敷《ざしき》に飛んでいきました。

「暖ちゃん、アリ、おきて。直《なお》ちゃんが、ヘンダワネのタネの夢《ゆめ》、見たって」

「ホント?」

といって、アリがおきてきました。暖も、ねぼけまなこをこすりながら、あとからついてきました。

「オノナオ、夢、見たの?」

「うん。モフセンおじさんの話の通りじゃなかったけど……」

朝食のテーブルにつくと、直は、おもむろに夢の話をはじめました。

「あたし、遊牧民みたいなカラフルな衣装《いしょう》きて、ギャッベを織《お》ったんだ」

「直ちゃんが?」

暖がすっとんきょうな声をあげ、アリは大きな目を見ひらきました。

「うん。あたしだけじゃなくて、アリのお母さんも。アリのお母さんが、ギャッべの織《お》り方を教えてくれた。アリもいたよ」

アリは、「おれ?」と親指で自分をさしました。暖《だん》も、興味津々《きょうみしんしん》で身をのりだしてきました
「アリもユーボクミンになったの?」

直《なお》は首をふりました。

「アリはいつもと同じ、ふつうのT《ティー》シャツきてた。それで、あたしに『あれやって』っていったんだ」

「あれって?」

「糸で花や木をギャッベにひきこむ、手品みたいな、あれ。どうやったらいいのかな、って思ってたら、アリのお母さんが『歌ってみて』っていったの。それで、ギャッベの歌を歌って、糸を投げてみたら、羊をギャッベの中にひきこめた」

「直ちゃんが? あれ、できたの?」

「うん。意外とかんたんだった」

「ヘンな夢《ゆめ》！」

暖《だん》は叫《さけ》びました。

「直《なお》ちゃん、ヘンダワネの呪文《じゅもん》、唱えたでしょ」

「唱えてないよ」

いいかえしたものの、ヘンな夢だと、直も思います。

でも、トーストをかじりながら、リコちゃんにきかれるままに、きていた衣装《いしょう》やまわりの景色のことをくわしく話すうち、なかなかいい夢だったように思えてきました。ヘンなことだらけでしたが、羊をギャッベにひきこんだのも、アリがおもしろがって笑ったのも、とても楽しかった。こうして話していると、もう一度あの場所に行きたくなってきます。

「夢はそれで終わり？」

トマトと目玉焼きで口のまわりをべっとりさせながら、暖がききました。ヘンな夢といいながらも、続きをききたそうです。

「そのあと、アリのお母さんがスイカを持ってきて、なにかペルシア語できいたの。そしたらアリが、ペルシア語で話しかけるな、っておこって……」

アリの顔がぴくっとひきつりました。

「でも、アリのお母さん、ペルシア語でギャッベの歌を歌いだしたんだ。そしたら、糸が勝手におどりだしてね。あたしもペルシア語をまねしていっしょに歌ったら、糸はアリのお母さんにからみついて、ギャッベの中に、しゅるるるってひきこんで、模様《もよう》にしちゃった」

「ええ～？」

これには、みんな、ぎょっとしました。トゥーバさんがギャッベにひきこまれて、模様になってしまうなんて……。

「それで、どうしたの？」

直《なお》は、続きを話そうか、迷《まよ》いました。直が話しだすのを、アリはじっと見つめて待っています。そのまなざしにうながされて、直はためらいがちに続きを口にしました。

「それから、今度は、糸はアリをねらってまきついて……、そしたら、アリがおこって、『やめろよ』っていったの。『おれはギャッベに入らない』って」

「そりゃあ、そうだよ」

暖《だん》が、抗議《こうぎ》の声をあげました。

「ぼくだって、ギャッベの中になんて入りたくないよ。こわいもん」

「ギャッベに入っても、消えちゃうわけじゃないんだよ。ギャッベの模様《もよう》になっても、アリのお母さんだって、そのままだったし」

「だけど、やっぱりこわいよ。なんか、たましい、とられちゃう感じがする。まさか、直ちゃん、アリもギャッベの中に入れちゃったの？」

「あたしがやったんじゃないってば。糸が勝手に動いてまきついたんだよ。それに、アリはギャッベに入らなかった。アリがすごくいやがったから。『おれはペルシア語なんか、しゃべらないからな』っていって」

「ペルシア語？　なんで？　ギャッベと関係ないじゃん。ねえ？」

暖《だん》は、アリに同意を求めました。でもアリは、口をもぞもぞ動かしただけで、肯定《こうてい》も否定《ひてい》もしませんでした。

「それから？」

暖にきかれて、直《なお》はわざとトーストを大きくかじりました。三人とも、直の話の続きを待っています。アリは、最後まできたいのでしょうか。きいたら、どう思うでしょうか。いっそここで夢《ゆめ》は終わったことにしようか、とためらって口をもぐもぐさせていました。

（でも、アリがきこうとしてるんだから、最後まで話さなきゃ）

直は、ジュースといっしょに、ためらいもごくりと飲みほしました。

「アリは、お母さんからもらったスイカにかじりついて、タネをぺっぺっと飛ばしてたんだ。お母さんがギャッベの中に入っちゃうと、模様《もよう》になったお母さんにもタネを飛ばして、いったの。『秘密《ひみつ》にするんだ。ヘンダワネのタネに、とじこめるんだ』って。夢《ゆめ》は、そこで終わった」

話し終えると、直《なお》はヘンダワネのタネをテーブルの上において、アリにかえしました。アリはタネを見て目をふせました。長いまつ毛が少しふるえています。

「ヘンな夢」と、またつっこまれるかと思いましたが、暖《だん》は、なにもいいだしません。よくわからなかったのでしょう。口にしてみて、直もよくわからない夢だと思いました。

アリは、なにを秘密にするつもりだったのでしょう。トゥーバさんにペルシア語で話しかけるなといったことでしょうか。トゥーバさんがギャッベに入ってしまったことでしょうか。それとも、トゥーバさんそのものを、ヘンダワネのタネにとじこめようとしたのでしょうか。

アリは、食べかけのトーストをお皿において、ヘンダワネのタネをつまみました。

「そんな夢、ホントに見たの？」

感情《かんじょう》をおさえた冷ややかな声でした。

「どういうこと？」

「夢《ゆめ》じゃなくて、オノナオの想像《そうぞう》なんじゃない？」

「想像じゃない。夢で見たんだってば」

「でも、ヘンダワネのタネに夢を見せる力があるなんて、ふつうじゃ考えられないよ」

「なんで？　アリがいったんじゃない。枕《まくら》の下にタネをしいてねれば、夢を見られるって。アリにいわれた通りにしたんだよ」

なにをいいだすのか、と直《なお》はおどろきました。

「いったのは、おれじゃない。モフセンおじさんだよ。おれも枕の下にタネをしいてねてみたけど、夢なんか見なかった。うそだったんだ。モフセンおじさんは、おれがイランを忘《わす》れないように、あんなこといったんだ。ギャッベの話だって、おれがイランを好きになるように、おもしろく作ったんだよ。それを、オノナオは、真《ま》にうけちゃってさ。夢《ゆめ》を見られなかったもんだから、想像《そうぞう》で話を作ったんだろ？　そんなうそ、つくなよ」

これにはムッとしました。どうしてそんなこと、いまになっていいだすのでしょう？

「うそだと思うのなら、どうしてアリは、ヘンダワネのタネを大事に持っていたの？」

アリはただ、肩《かた》をすくめてみせただけ。返事もしません。

「タネに秘密《ひみつ》をとじこめたからでしょ？　タネの力を信じてたからでしょ？」

これだけいっても、返事なし。直《なお》のいかりは爆発《ばくはつ》しました。

「おじさんやあたしがうそをついたなんて、よくいえるよね。うそをついてるのは、アリの方じゃない。ほんとうはイランのこと、好きなくせに。イスファハンも、チェロキャバブも、ヨーグルト・サラダも、ナイフの使い方も、ギャッべも、ペルシア語も、ほんとうは好きなのを、かくしてたくせに」

機関銃《きかんじゅう》のようにまくしたてると、アリはぼそっとつぶやきました。

「オノナオには、わからないよ」

「わかるよ」

直《なお》は、アリをにらみつけました。

「ヘンだと思われるのが、いやなんでしょ。あたしもヘンな女子っていわれてる。いつもひとりで絵を描《か》いてるって。でも、絵が好きだから、しょうがない。ヘンだっていわれても、あたしは絵が好きなこと、かくせない。けどアリは、イランが好きなこと、かくしてる。ほんとうの気持ちをかくしてまで、ヘンだと思われたくないわけ？」

今度は、アリが直をにらみつけました。

「わかってないな。オノナオとおれとじゃ、ヘンのレベルがちがうんだよ。絵を描《か》いててヘンなのと、ペルシア語しゃべるからヘンなのとじゃ、ぜんぜんちがうだろ。絵はやめられるけど、イラン人はやめられない」

「やめなくていいじゃない。イラン人のままでいい。日本にいても、イランを好きでいてよ。ペルシア語しゃべったっていいじゃない。お母さんに、ペルシア語しゃべるな、なんていわないでさ」

アリは、バーンとテーブルをたたいて立ちあがりました。

「日本にいるなら、日本語できなきゃ困《こま》るだろ。ペルシア語しゃべってたら、いつまでたってても日本語はカタコトで、学校からのプリントも読めない。いつまでたっても、ヘンなガイジンあつかいで、まともにつきあってもらえないんだ」

「そんなことないよ。あたしもお母さんも、アリのお母さんをヘンなガイジンなんて思ってない。それに、アリのお母さん、日本語もがんばってるんだから、ちょっとくらいペルシア語しゃべったって……」

「うるさいな。日本人のオノナオに、わかりっこないんだ。わかったような顔してズカズカふみこんでくるなよ」

そういうと、縁側《えんがわ》から庭におりて、でていってしまいました。びっくりした暖《だん》が、あわててあとを追いかけました。ふたりとも、かじりかけのトーストを残したままです。

(ズカズカふみこんでくるなって、なによ)

いいかえしてやろうにも、いなくなってしまったので、直《なお》は思いを自分にむけるしかありませんでした。トゥーバさんのこと、ヘンなガイジンなんて思ってないけど、そう思ってるって、思われていたんだ……。

「あ〜あ、食べかけで行っちゃった」

リコちゃんが、やれやれといった顔で直の方をむきました。

「どうするの?」

「どうするって……。あたし、あやまるつもりないから。夢《ゆめ》、ホントに見たんだもん」

くやしくて、直はくちびるをかみました。

「こんな夢見たの、アリのせいだからね。モフセンおじさんの話をしたのも、へンダワネのタネをくれたのも、アリなんだから」

「そうだね」

「ズカズカふみこむなっていうけど、思ったこと、いっちゃいけないの？　イランを好きでいてとか、お母さんがペルシア語を話してもいいとか、いっちゃいけないの？」

「いけなくはないんじゃない」

「だけど、アリ、あんなにおこって……」

「おこったね」

「アリのお母さんの日本語やいうこと、変わってるとかおもしろいとかって、あたしもお母さんもいってた。けど、悪い意味じゃないんだよ。アリのお母さんのこと好きだし、ヘンなガイジンなんて思ってない。でも……、あたしたちがそう思ってるって、アリは感じてたのかな」

「かもね。いってる方は悪気がなくても、いわれた方は傷《きず》つくことって、あるから」

直《なお》は口をつぐみました。暖《だん》に「ヘンなお姉ちゃん」といわれたとき、軽い気持ちだとわかっていても、傷つきました。「ヘンな女子」といわれて、平気なふりをしていますが、わかってくれる人がいれば、話のあう友だちがいればと、心のどこかで、直も思っています。「ヘン」じゃないと、認《みと》められたいって。

（アリも、アリのお母さんも、もっと強くそう思っているのかもしれない……）

リコちゃんはお皿をかたづけながら、まったく関係ないことを思いついたかのようにいいました。

「そういえばさあ、あたしがプレゼントしたパステル、まだ使ってないんでしょ？　あれで夢《ゆめ》の絵を描《か》いてみてよ。直ちゃんが夢で見たギャッベや遊牧民の衣装《いしょう》、どんなのだったか見てみたいから」

直は二階のアトリエにこもって、夢の絵を描きました。

リコちゃんにもらったパステルを横において、まず鉛筆《えんぴつ》で下描《したが》きです。夢《ゆめ》をなぞるように思いだしながら、夢で見た風景を描《か》いていきました。草原の中のギャッベの機《はた》、スパンコールがついた衣装《いしょう》をきたあたし、からみついた糸がひっぱってくる羊、スイカをかかえたトゥーバさん……。あれ、スイカじゃない。細長いからヘンダワネだ。

あけはなした窓《まど》から、ときおりアリと暖《だん》の笑い声がきこえてきます。あんなにおこったくせに、もうけろっとして、ふたりでサッカーボールで遊んでいます。いつもの快活《かいかつ》なアリにもどったようですが、だまされないぞ、と直《なお》は思いました。あんなにおこったのは、直にいわれたことが図星だったからです。それを打ち消すために、無理にでも明るくふるまっているにちがいありません。

(アリは自分にうそをついている)

トゥーバさんにペルシア語をしゃべるなっておこったのは、ほんとうは自分もペルシア語をしゃべりたいからです。イランのことばかりいうな、とおこったのも、自分もイランのことを話したいからです。

トゥーバさんを責《せ》めながら、自分の気持ちをおさえていた。イランを好きな気持ちをかくしていた。サッカーがんばって、漢字おぼえて、ダジャレいって、みんなと同じように笑ってないと、「ヘン」っていわれてしまうって。

（そんなことしてたら、イランをきらいになる前に、自分をきらいになっちゃう）

アリにそうなってほしくない、と直《なお》は思いました。イランを好きでいてほしい。モフセンおじさんが話した世界を、信じていてほしい。

鉛筆《えんぴつ》の下絵が描《か》きあがりました。それを見て、直ははっと気づきました。

白黒じゃない。夢《ゆめ》で見たのは、まぶしいほどあざやかな色。あの色を、好きになった。あの色を、信じた。あの色を描かなければ。

直は下絵を捨《す》てて、パステルのケースをひらきました。鉛筆の線はいらない。色だけで描こう。そう決めて、パステルを手にとりました。

風にそよいでいた草原を、緑と黄のパステルで描いていきます。草の中から赤

いケシものぞいています。トゥーバさんがきていた青い衣装《いしょう》、スパンコールをちりばめたピンクのスカーフ、糸にひっぱられて宙《ちゅう》を飛ぶ白い羊。なにもかもが日ざしをうけてかがやいて、それぞれの色をほこっていました。そのほこり高い色をもう一度見たい。強い衝動《しょうどう》にかられて、直《なお》は夢中《むちゅう》でパステルをぬっていきました。

色をぬっていると、夢《ゆめ》で見た色が、パステルを持つ指さきにおりてくるような気がしました。なにかにつき動かされるように、指が動きます。描《か》いているというより、描かされているような……。こんなふうに絵を描くのは、初めてでした。これも、ヘンダワネのタネのせいでしょうか。

リコちゃんに呼《よ》ばれても、返事もせず、お昼ご飯も食べず、とりつかれたかのように、直はひたすら色をぬりました。

お昼をだいぶすぎてから、リコちゃんが差し入れを持って二階にあがってきました。ツナとキュウリのサンドウィッチをおくと、絵をのぞきこんでいいました。

「すごい色だね」

「ヘン？」

「いや、迫力《はくりょく》あるよ」

「こんな色だったんだよね、夢《ゆめ》」

少し離《はな》して見ると、色だらけだな、と直《なお》も思いました。夢の話をきいてなければ、なにが描《か》いてあるかわからないでしょう。でも、夢で見たのは、確《たし》かにこんな色でした。あざやかで、にぎやかで、光りかがやいている色、色、色。

「ふうん」

「アリのお父さんから電話があって、あと少しでこっちに着くって」

「どうすんの？　アリ、帰っちゃうよ」

「絵ができあがったら、おりてく。それより、リコちゃん、そのへんにおいてある糸、少しもらってもいい？」

「糸？　あのへんのはいいけど、こっちのは作品用だから、さわらないで」
「針《はり》も借《か》りるね」
「針？　さては直《なお》ちゃん、わたしの作品、パクろうとしてるな。まあ、いいけどさ」

さすが、リコちゃん。見やぶられてしまいました。

羊をギャッべにひきこむ糸は、ほんものの糸にしようと考えたのです。習ったばかりの玉むすびと玉どめで、絵に針を刺《さ》して糸を張《は》ればいい。光沢《こうたく》のある絹糸《きぬいと》を使えば、宙《ちゅう》を飛んでいく糸が日ざしをうけてきらめく感じを、表現《ひょうげん》できるはずです。

（待っててよ、アリ。見せてあげるから）

直は目を細めて、針の穴《あな》に糸を通しました。

9 ヘンダワネのタネをまく

お昼を食べたあと、暖《だん》は宝物《たからもの》のダジャレボックスをアリに見せました。クッキーのあき箱に集めたダジャレカードを、自慢《じまん》したかったのです。

「ねえ、ヘンダワネのダジャレ、カードに書いていい？」

「いいよ」とアリにいわれて、暖は白いカードに「ヘンダワネって、ヘンだわね」と鉛筆《えんぴつ》で書きました。それからふと、思いついたようにききました。

「ペルシア語にも、ダジャレってあるの？」

「さあ……」

気のない返事がかえってきて、暖はアリの顔色をうかがいました。

「アリって、ペルシア語がきらいなの？」

「べつに」

「アリのお母さん、この前、いってたよ。小さいころはアリもペルシア語しゃべったのに、このごろきらいになったみたいだって。そうなの？」

「きらいじゃないけど、日本にいたら、ふつう話さないだろ」

「そりゃ、ふつうは知らないから。字も書ける？」

「書けるけど」

「書けるの？　ちょっとこのカードに、ペルシア語でアリって書いてみて」

アリは、さらさらっとペルシア語の文字をつづりました。英語とは逆《ぎゃく》に、右から左へ、横書きで、糸がくねくねしたような文字です。

「すっげー」

暖《だん》は、ナイフ技《わざ》を見たときと同じくらい、感心した声をあげました。カードを手に持って、糸のような文字のからまりぐあいに、目をこらしています。

「どれが『ア』でどれが『リ』なのか、ぜんぜんわかんないや。じゃあ、このカードにヘンダワネって書いて」

アリは新しいカードに、またさらさらっと、さっきより少し長めに、糸のような文字をくねらせました。

「すっげーっ」

「ヘンな字だろ?」

「ヘンだけど、すごいよ。日本語よりむずかしそう。今度はダンって書いて」

暖《だん》は、「ナオ」と「リコ」と「ミナコ」もペルシア語でカードに書いてもらいました。そして、ペルシア語の下に自分で日本語も書いて、ダジャレボックスにしまいました。

「帰ったら、新しいあき箱もらって、ペルシア語ボックスも作ろう。そしたらアリ、いろいろ書いてね」

アリは、ちょっと複雑《ふくざつ》な笑顔で「いいよ」と答えました。

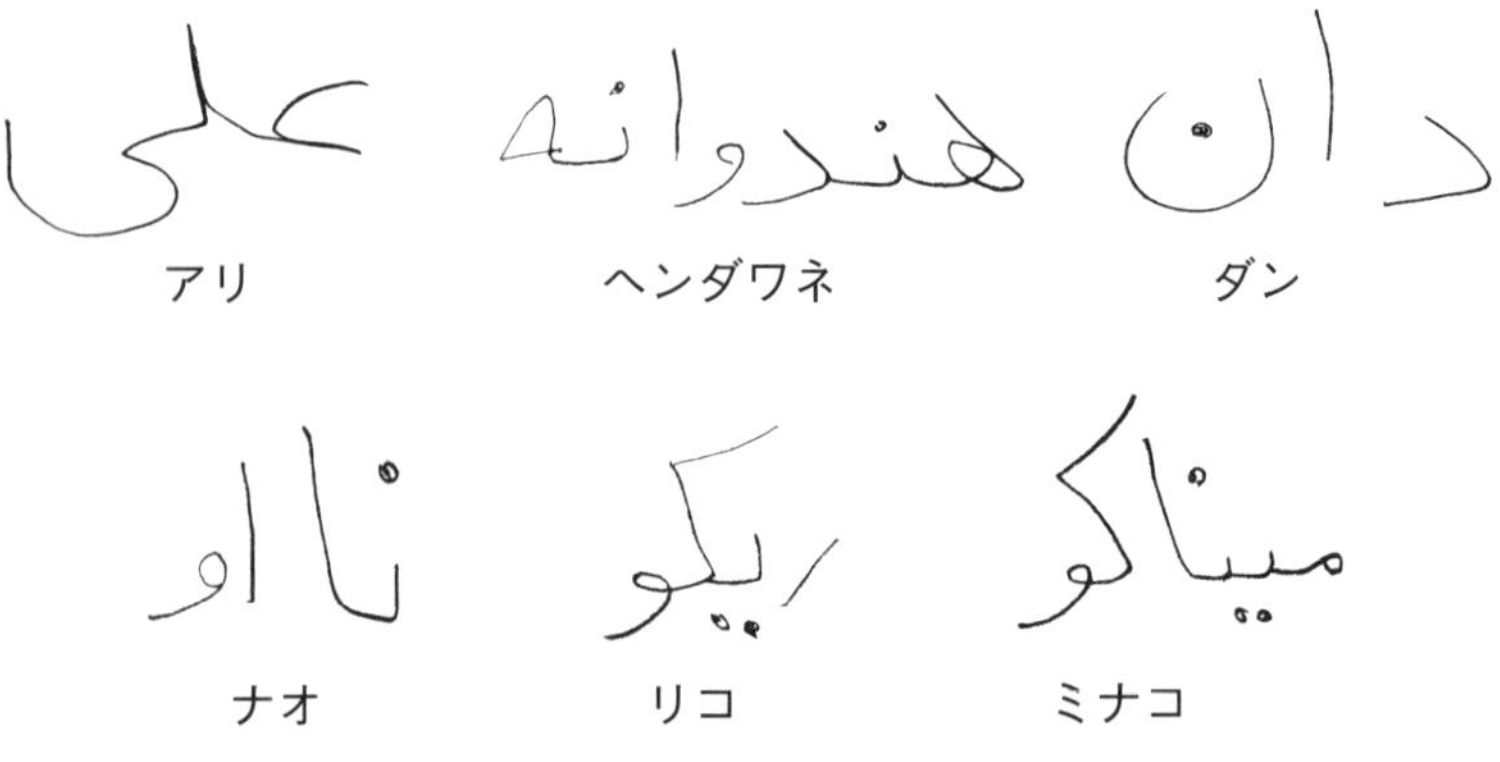

アリのお父さんの車が到着《とうちゃく》しても、直《なお》は二階からおりてきませんでした。

お父さんは羽田《はねだ》から直接《ちょくせつ》きたらしく、福岡《ふくおか》みやげの明太子《めんたいこ》や博多《はかた》ラーメン、それにイラン産のピスタチオをわたして、リコちゃんに何度もお礼をいいました。

「すっかりご迷惑《めいわく》おかけして、すみませんでした」

お父さんの日本語は、トゥーバさんよりもずっと流暢《りゅうちょう》です。けれど、やはり外国人らしいなまりがあって、日本育ちのアリとはちがいました。

縁側《えんがわ》にすわって、みんなでお茶を飲みました。直はまだ、おりてきません。

「直ちゃん、こないのかなあ」

暖《だん》が何度か階段の下に行って、二階を見あげました。そのたびに、アリもリコちゃんも暖を目で追いました。

（オノナオ、いつまでおりてこないつもりだ）

アリは、だんだんイライラしてきました。直は夢《ゆめ》の絵を描《か》いている、とリコちゃんはいいました。一枚《まい》の絵を描《か》くのに、どれだけ時間をかければ気がすむのでしょう。

「直《なお》ちゃんがどうして夢《ゆめ》の絵を描いてるか、わかる？　ほんとうに夢を見たって、アリに信じてもらいたいからだと思うよ。わたしも直ちゃんも、アリの話をきいて、イランってすてきだなあって思ったの。昨日《きのう》の夜、いつか行きたいね、って話したんだよ。だからさ、アリにイランのこと否定《ひてい》されると、がっくりなわけ。直ちゃん、アリにはイランを好きでいてもらいたいんだよ」

リコちゃんにそういわれて、アリは正直、まいったなあ、と思いました。ほんとうは、直が夢を見たことを疑《うたが》っていません。直があんな夢を見たのは、ヘンダワネのタネの力、プラス、アリがお母さんといいあうのを見てしまったからだ、ってこともわかっています。だからこそ、アリは直から逃《に》げだしたのです。

お母さんが日本語の勉強をしていることは、アリも知っていました。そして、自分のようにはどんどん漢字をおぼえられないことも。

お母さんは日本の学校に行ってないし、大人は子どもほどかんたんに上達しない。わかってはいますが、日本語ができないお母さんを、はずかしく思ってしまうのです。そう思ってしまう自分が、情《なさ》けなくもなります。日本語を強いるのはかわいそうですが、日本語ができないため、ちゃんと気持ちを伝えられないのもかわいそう。

お母さんに対する、そんなせめぎあう気持ちを、直《なお》に説明することなんかできませんでした。自分でも、どうしたらいいかわからないのです。

（おれの気持ちは、だれにもわかりっこない。それに、おれがイランを好きだろうがきらいだろうが、オノナオには関係ないじゃないか。なんで、むきになって絵なんか描《か》いてるんだ）

さわれられたくないところに、ズカズカふみこんできて、かくしていることを、あばこうとする――そんな友だち、今までいませんでした。痛《いた》いところをつかれないよう、アリが気を使って、距離《きょり》をとって、そうさせなかったからです。

（オノナオって、やっぱりヘンなやつ）

そう思いましたが、このまま帰るのは、さすがに気がひけました。それに、こんなに時間をかけて、どんな絵になったかも気になります。それにしても、いつまで待たせるのでしょう。

「じゃあ、そろそろ帰ります」

お父さんが立ちあがろうとしたとき、バタバタと、直《なお》が階段《かいだん》をかけおりてきました。手には描《か》きあがった絵を持っています。

「アリ、これ」

さしだされた絵に、アリはいっしゅん目を細めました。光沢《こうたく》のある糸が、光を反射《はんしゃ》して、まぶしかったからです。光る糸は、色の世界を飛んでいました。圧倒《あっとう》されるほどのびやかな色、色、色。モフセンおじさんの話をきいて、アリが思い描《えが》いた光景に似《に》ています。同じ光景を、直も確《たし》かに見たのです。

アリは、胸《むね》のおくが、きゅんとしめつけられました。

「なんの絵ですか?」

のぞきこんだお父さんが、ふしぎそうな声でききました。

「イランです」

直《なお》は答えました。

「イラン?」

「イランの、ギャッベ織《お》りの遊牧民です」

「ギャッベ?」

お父さんは、眉間《みけん》にしわをよせて目をこらしました。ピンクのスカーフと青い衣装《いしょう》は遊牧民でしょうか。ギャッベを織っているといいますが、糸が空を飛んで白い羊らしきものにまきついているのは、どういうことでしょう。

首をかしげたお父さんを見て、モフセンおじさんの話を知らないんだな、と直は思いました。リコちゃんが横から説明してくれました。

「わたしたち、アリからイランの話をいろいろきいたんですよ。遊牧民がギャッ

べを織《お》る話もあって、直《なお》ちゃんはその話を夢《ゆめ》で見たんです。それで、午前中から
ずっと、夢を思いだしながらその絵を描《か》いていたんですよ。わたしたち、すっか
りイランにあこがれちゃって、いつか行きたいね、なんて話してるんです」
「そうですか。ぜひいらしてください。イランは、ユーボクミンがいるところば
かりじゃありませんよ。首都のテヘランは、高いビルがいっぱいで東京みたいだ
し、イスファハンは京都《きょうと》みたいなきれいな町で、日本からの観光ツアーもありま
すから」
「でもわたし、遊牧民がギャッベを織ってるところに行ってみたいんですよ」
「そうですか。しかし、ユーボクミンも最近は、町で暮《く》らすようになりましたか
らね。こんな羊がいるところで、ギャッベを織ってるユーボクミンがいるかどう
か……」
「いるよ」
ずっとだまって絵を見ていたアリが、顔をあげてきっぱりといいました。

「こういうとこでギャッベを織《お》ってる遊牧民、いるんだよ。モフセンおじさんが、いつかつれてってくれるって、約束してくれたんだ」

「そうか?」

お父さんは、ちょっと困《こま》ったような笑いをうかべて、アリを見ました。

(やった!)

直《なお》の心は、ぱっと晴れました。

(アリが、モフセンおじさんを信じた。あたしの夢《ゆめ》も、信じた!)

とびはねておどりだしたいのをがまんしていると、アリはポケットから、さっきかえしたヘンダワネのタネをとりだしました。

「これ、直にあげる」

(えっ? いま、『オノナオ』じゃなくて、『直』っていった?)

直はドキッとしました。アリに名前で呼《よ》ばれるのは、初めてです。口をあけてぼおっとしていると、アリはきまり悪そうに、ぼそっとつけたしました。

「かわりに、この絵、もらっていい？」

「えっ？」

「この絵、もらえないかな？　気に入ったんだけど……」

直《なお》の顔は、ゆるゆるにゆるんでいきました。

「いいよ。交換《こうかん》ね」

直は、うれしそうにタネをうけとりました。お父さんは、

「なにをあげたの？」

と、アリにききました。

「ヘンダワネのタネ」

アリの答えに、またまた首をかしげたお父さんに、暖《だん》がにやにやしながらいいました。

「おじさん、ぼくはね、イランに行ったら、ヘンダワネを食べたいんだ」

これにはお父さんも、ためらいなくうなずきました。

「それなら、オヤスイゴヨウです。ヘンダワネはユーボクミンよりかんたんですよ。ダンちゃん、来週行きましょうか？」

「来週？　イランって、そんなにかんたんに行けるの？」

「かんたん、かんたん。成田《なりた》からひとっ飛びです」

「まあ、ぼくは、大人になってからで、いいんだけど……」

暖《だん》がいいにくそうに断《ことわ》ると、アリのお父さんは、太い声で、はっはっはっと笑いました。

そのとき、お父さんの携帯《けいたい》電話が鳴りました。イスファハンのトゥーバさんからでした。かわってもらって電話にでたリコちゃんは、帰ったらザクロソースの料理をごちそうして、とちゃっかりたのんでいました。それからアリに電話をわたしました。

「アロ！　ママン！　フビー？」

きょとんとした暖に、アリのお父さんが耳打ちしました。

「ペルシア語です。『お母さん、元気？』ってきいたんですよ」

直《なお》はびっくりしました。「ペルシア語、しゃべるなよ」ってトゥーバさんにおこったアリが、トゥーバさんにペルシア語で話しかけるなんて……。

アリの口から流れでるペルシア語は、なめらかで美しい抑揚《よくよう》がありました。日本語を話すときにはきかない、のどのおくのほうからでてくる音に、直の知らないアリを見る思いがしました。でも、少しもいやな感じじゃないんです。もっときいていたい、そんな心地よさでした。

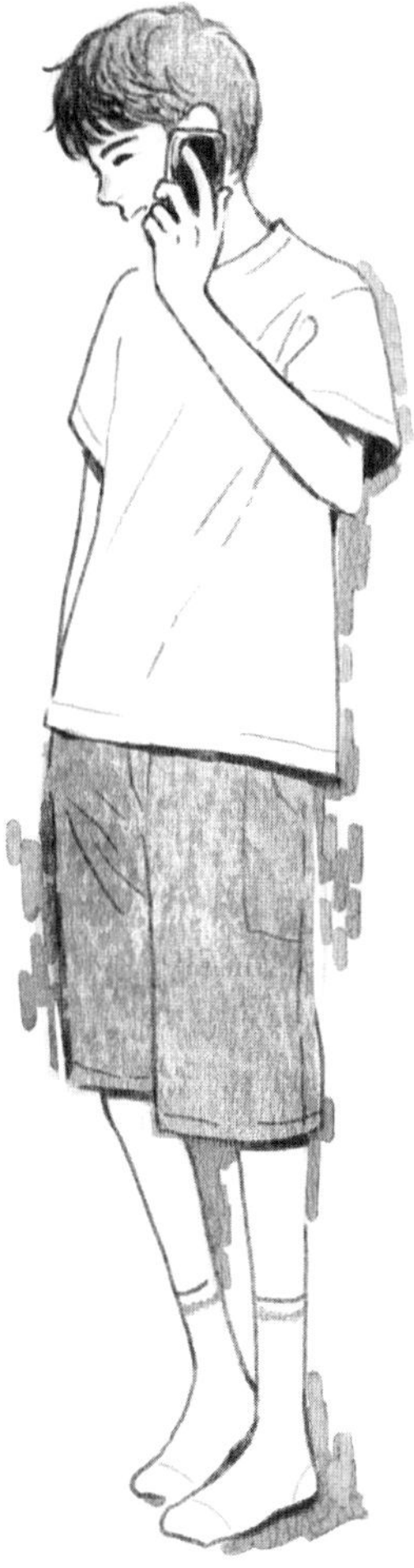

たぶん、そんなに長くは話していません。でも、みんな、しーんとしてきき入ったので、長い時間に感じました。アリは電話をお父さんにわたすと、てれくさそうにはにかみました。

「ザクロソースの煮《に》こみ、おれからも、たのんどいたから」

「やったあ」

と、暖《だん》がガッツポーズをして、直《なお》とリコちゃんは顔を見あわせて笑いました。

直はふと、いいことを思いつきました。

「ねえ、アリ、ヘンダワネのタネ、この庭にまいてもいい?」

「ここに?」

「うまくいけば、ヘンダワネの実がなるかもしれないよ。そしたら、イランに行かなくても食べられるし、新しいタネもたくさんとれる」

「でも、タネをまくのは、春なんじゃないの」

リコちゃんが首をかしげましたが、

「いいから、まこうよ。ヘンダワネのタネ、まこう、まこう」

暖《だん》は、すっかり夢中《むちゅう》です。

直《なお》は、ヘンダワネのタネをつまんで日にかざし、にっと笑いました。

「新しいタネがとれたら、新しい話をとじこめられるよ」

アリも、にっと笑いかえしてきました。

「そしたら、新しい夢《ゆめ》を見られて、また絵が描《か》けるな」

お父さんには、どういうことかわかりません。どうしてヘンダワネのタネがあるのか、どうしてタネと絵が交換《こうかん》されたのか、どうしてここにまくのか、さっぱりわかりませんでした。それでも、いうべきことはありました。

「ヘンダワネのタネをまくなら、よく日が当たる場所がいいですよ」

お父さんのアドバイスに従《したが》って、庭の中でも日当たりがいい場所で、砂地《すなち》のようなところを選んで、ヘンダワネのタネをまくことにしました。野菜を育てるにはむきませんが、ヘンダワネはスイカと同じで、水はけのいい土がよさそうでしたから。土をほって、タネをうめ、土をかけて、水もたっぷりやりました。

「これでよし。あとは呪文《じゅもん》の言葉だな。暖《だん》、例の呪文、いってみなよ」

アリが暖に目配せしました。暖はうなずくと、両手をあげて、祈祷師《きとうし》のように
おおげさに呪文を唱えました。

「ヘンダワネって、ヘンだわね〜」

思いっきり腰《こし》をくねらせたので、みんな大笑いです。アリも直も笑いながら、
両手を大きく広げて腰をくねらせました。

「ヘンダワネって、ヘンだわね〜。ヘンだわ、ヘンだわ、ヘンだわね〜」

あとがき

実はわたし、モフセンおじさんのように、じゅうたんの産地を訪《たず》ねて、イランのあちこちを旅したことがあります。町の工房《こうぼう》から砂漠《さばく》の村まで。町で暮《く》らすようになった遊牧民のカシュガイ族の人たちにも会いました。山をおりても、色鮮《あざ》やかな民族衣《みんぞくい》装《しょう》をきて、ギャッベと呼《よ》ばれる愛らしいじゅうたんを、家の中で織《お》っていました。

「山には壁《かべ》も天井もなかった。山では自由だったよ」

ひとりのおばあさんが、山の暮らしを恋《こい》しがっていいました。山ではギャッベも外で織っていたそうです。光と風の中でのびやかに織っていたからこそ、おもちゃ箱をひっくりかえしたような、楽しい模様《もよう》のじゅうたんが生まれたのでしょう。

トルクメン族の村にもいきました。イラン人の友だち夫婦《ふうふ》といっしょに、じゅうたん織りを見せてもらい、トルクメン族の衣装をきせてもらって、地平線を見わたせる放牧地も訪ねました。

その夫婦は、のちに日本で暮らすようになりました。奥《おく》さんのショーレは、イラン映画《えいが》の字幕翻訳《じまくほんやく》や通訳の仕事で活躍《かつやく》しています。日本で生まれた男の子は、日本で育ちました。

その子が小学校二年生のとき、みんなでうちに遊びにきたことがあります。わたしの家族とスイカ割《わ》りをして、ヘンダワネの話をしました。日本の学校に通っていた彼《かれ》は、日本人のように日本語をしゃべりました。そして、お父さんがちょっとヘンな日本語を話したとき、いやそうに顔をゆがめました。

今では日本の大学生になった彼と、イランの話をしたいなあ、と思います。彼のお母さん、ショーレとかつて旅して見た風景や、カシュガイ族のおばあさんの話をきいていだいたギャッベ織《お》りへの憧《あこが》れを、これからも日本で生きていく彼に伝えたい。そんな思いを、『ヘンダワネのタネの物語』に託《たく》しました。

ペルシア語の表記について、ショーレ・ゴルパリアンさんに助けてもらいました。ショーレ、どうもありがとう。あなたの作るイラン料理が、わたしは大好きよ!

二〇一二年一〇月

新藤悦子

作家・新藤悦子（しんどう えつこ）
1961年、愛知県豊橋市生まれ。津田塾大学国際関係学科卒業。トルコを中心に中近東に関するノンフィクション作家として活躍し、『羊飼いの口笛が聴こえる』（朝日新聞社）『チャドルの下から見たホメイニの国』（新潮社）『トルコ風の旅』（東京書籍）などの著書がある。また、子どもの本の仕事にも意欲的に取り組み、『青いチューリップ』で日本児童文学者協会新人賞を受賞。『月夜のチャトラパトラ』『ロップのふしぎな髪かざり』（以上講談社）『ギョレメ村でじゅうたんを織る』（福音館書店）『空とぶじゅうたん 1,2』（ブッキング）などの作品がある。

画家・丹地陽子（たんじ ようこ）
三重県生まれ。東京藝術大学美術学部デザイン科卒業。イラストレーターとして、幅広いジャンルで活躍中。絵本の作品に『ナイチンゲール』（フェリシモ出版）、装画や挿し絵の仕事に『転校生とまぼろしの蝶』（ポプラ社）『闇の左手』（早川書房）「ウェストマーク戦記シリーズ」（評論社）『サースキの笛がきこえる』（偕成社）「大草原の小さな家シリーズ」（講談社青い鳥文庫）など多数ある。

ノベルズ・エクスプレス 18
ヘンダワネのタネの物語

発行 2012年10月 第1刷

作家 新藤悦子
画家 丹地陽子
発行者 坂井宏先
編集 松永 緑
発行所 株式会社ポプラ社
〒160-8565 東京都新宿区大京町22-1
振替 00140-3-149271
電話 （営業） 03-3357-2212 （編集）03-3357-2216
（お客様相談室） 0120-666-553
FAX （ご注文） 03-3359-2359
ホームページ http://www.poplar.co.jp
印刷 瞬報社写真印刷株式会社
製本 株式会社ブックアート
Designed by 岩田里香

ISBN978-4-591-13095-7 N.D.C.913/163p/19cm Printed in Japan
落丁本、乱丁本は送料小社負担でお取り替えいたします。
ご面倒でも小社お客様相談室宛にご連絡ください。
受付時間は月～金曜日、9:00 ～ 17:00（ただし祝祭日はのぞく）
読者の皆様からのお便りをお待ちしております。
いただいたお便りは、編集局から著者にお渡しいたします。